點紙咁簡單

趣談香港紙本藏品

張順光
吳邦謀
鄭明仁

著

U0063900

中華書局

序

丁新豹

玄叔祖日昌公昔年曾藉太平天國之亂，於江南一帶搜集宋元珍本，建立持靜齋藏書，惜未及二代而流散，誠憾事也。唸大學時，適值大陸文革，出版文史一類書籍極少，每週必往旺角一帶書肆搜尋文革前出版舊籍，偶有所得，則喜不自勝。後來，訪書範圍更遠及廣州、上海、星馬，專搜求印數稀少的內地出版文史哲書籍，樂此不疲。越數年，旺角、灣仔之舊書肆紛告結業，文革結束，舊書陸續再版，搜求舊書的習慣才告一段落。

少時也喜歡搜集車票、戲橋、馬票、郵票，但既不專業，更談不上心得。入職藝術館後，耳濡目染，逐漸愛上宜興紫砂，每趁中藝、裕華大減價，則善價而購之。嘗於上海鐵劃軒以一百元人民幣購得名家顧景舟之黃泥方壺，閒時把玩觀賞，自得其樂，年前已捐贈予茶具文物館，化私為公。人似乎總有一種搜集東西的欲望，隨年紀而改變，若能持之以恆，用心鑽研，則可卓爾成家。如張順光、吳邦謀、鄭明仁三人，各有專長，均為獨當一面的藏家，順光兄是出名的電車迷、邦謀兄是航空史專家，而鄭兄是資深報人，今聯袂以其珍藏公諸同好，更細述收藏之喜與樂，誠廣大讀者之福，誠摯向各位推薦這本《點紙咁簡單》。

已亥夏於香江

劉智鵬

年少時家住港島，出入多以電車代步；日子有功，累積車票一疊；票號全屬非凡組合，諸如同號、順序、逆序、單數順序、單數逆序、雙數順序、雙數逆序不等。當時身無長物，敝帚自珍，頗以此批車票為寶，不時攤佈桌上賞玩自娛，樂此不疲。

其後數度遷居，一日開啟兒時百寶箱盤點舊物，赫然發現電車票不翼而飛，腦袋頓然一片空白，心情良久不能平復，至今猶有餘憾！及長醉心文史之學，喜染購書雅習，終日流連書店，不能自拔！自此與書為伍，進而以藏書家自居，甚至自號九卷樓主人。少年輕狂，每得奇書後不忘驕示朋輩，洋洋自得。有日於某樓上書店見杭州西湖書社印行周密《武林舊事》，稍事翻檢後竟然放下；次日想起此書，再回頭已不見書影；惘然若失，追悔莫及。

早年內地社會簡約，古籍即使洋裝排印出版，印數僅得一二千本者不在少數；物以罕為貴，此等舊籍今日已成奇貨，有價有市，頗堪玩味！藏書乃文人雅事，古今中外，前仆後繼，香火不絕。其他印刷品如報紙、周刊、雜誌、漫畫，以至明信片、照片、海報、廣告、日曆等皆有可藏之趣。至於收集電車票則是大眾娛樂，常家便飯。推而廣之，馬票、戲票、飛機票、貨單照收可也，雖小道而不減其樂。

時移世易，此等紙本舊物重見天日，大放異彩，身價倍增。古舊紙本珍貴一如出土文物，歷史家以此對照檔案文獻，方能重新建構昔日社會面貌。多得張順光、吳邦謀、鄭明仁等發燒藏家，紙本藏品得以享受檔案文獻級別照顧，妥善保存，古為今用。

三位仁兄於收藏界獨當一面，名滿香江，曾出版暢銷專著多種。如今聯袂製作本書，講述珍藏紙本故事；讀者訪舊嘗新，撫今追昔，大開眼界矣！

己亥夏至於屯門虎地

序

鄭寶鴻

二十多年來，在多個懷舊藏品的展覽、拍賣場合，以至香港收藏家協會的月會上，皆可遇見張順光先生、吳邦謀先生和鄭明仁先生，因為太熟落，我通常都稱呼他們為「ALAN 哥」、「JAMES 哥」及「仁哥」。

ALAN 哥對香港舊藏品，尤其有關電車為主的鑽研，早享盛譽，不時攜同若干藏品或照片供大家鑑賞，往往有令人「眼前一亮」的感覺。

醉心於香港歷史、人物，以及航空史研究的 JAMES 哥，已有多本著作面世。他珍藏有關該等範疇的資料和物品之精博，無出其右。

大約七、八年前，在香港新聞博覽館的多個場合，得以與仁哥識荊，他是香港的資深報人，亦是該行業的翹楚。三年多前，有幸得以與他並列，進行一場有關淪陷時期香港報業的演講。仁哥亦是有關報業物品和資料的藏家。

月前，有機會得以先睹三位兄台的新作《點紙咁簡單》，內容豐富，主題分別為「交通與博彩」的圖像、車票、馬票和彩票；「生活與娛樂」的票據，如機票、戲票及照片；還有書本、雜誌、報章和刊物，亦有不少名家的簽名本。

三名專家的藏品，大部分為難得一見香港歷史的見證物，事實上是「點只『紙』咁簡單」，用「紙本」來形容書內的珍稀品，是過謙了。

期待各位不同年齡、階層的讀者看官，憑藉三位作者的藏品和精闢的講解，尋找到自己內心深處，甜酸苦辣的回憶。亦祝願這本力作，一紙風行！

二〇一九年五月二十一日

目錄

丁新豹　序 ……………………………………………… 002

劉志鵬　序 ……………………………………………… 003

鄭寶鴻　序 ……………………………………………… 004

交通與博彩 　　　　　　　　　　　　張順光

馬票漫談 ……………………………………………… 008

山頂纜車 ……………………………………………… 030

香港電車 ……………………………………………… 043

香港巴士 ……………………………………………… 054

生活與娛樂 　　　　　　　　　　　　吳邦謀

電影戲票之「公仔飛」 ……………………………… 072

手寫飛機票 …………………………………………… 096

古老電費單 …………………………………………… 117

有相有真相 …………………………………………… 129

香江才女林燕妮 ……………………………………… 147

書本與報刊 　　　　　　　　　　　　鄭明仁

藏書界的「董橋三寶」 ……………………………… 162

名家簽名本 …………………………………………… 178

香港舊時的通俗刊物 ………………………………… 187

《中國學生周報》和 TVB《香港電視》合訂本 …… 196

交通與博彩

THE HONG KONG JO...

香港賽馬會 MILLENNIUM SWEEPSTA...

千禧年彩票

AL HONG KONG JOCKEY CLUB

ENTH RACE MEETING

第 十 次 賽 馬

ch, 1962. 一九六二年三月二十四日

ASH SWEEPS

MTG.

第 合

LAST RACE

尾 場

ISSUED SUBJECT TO THE CASH SWEEP RULES OF
E ROYAL HONG KONG JOCKEY CLUB

Nº 073163

Nº Q 148937

THE...

ILDREN-ANY DISTANC

der the age of 12 year

INGLE JOURNEY

$0.50

Bell Punch Co., London, Eng.

OUR REQU

is

Printing, Pl

HWA BOO

Pak Tai St, M, Tau

50 Queen's Rd, C

張順光

賽馬活動自 1840 年代中期在香港興起，初期為外籍與上流人士的專屬娛樂，亦是身份象徵，到後期才成為一般平民的日常娛樂，至今不歇。

1884 年一群居港的外籍馬主和熱愛賽馬人士成立香港賽馬會，為這項越來越受歡迎的運動建立更穩固的根基。馬會的第一次會議於同年 11 月在香港大會堂召開，首任主席為雷里議員，開展了香港賽馬會日後的運作及活動。

致富之道

馬票（音：標），為賽馬日馬迷必備的幸運工具之一。馬票分為「大馬票」與「小搖彩」，前者最初每年開獎兩次，其後增至三次，再而四次，春季及夏季為「香港打吡」、「皮亞士盃」及「董事盃」，而秋季則為「廣東讓賽」；後者則是日常的開獎項目，馬季期間每月開獎一次。

大馬票獎金早年約 10 萬元，到後期已超過 100 萬元；小搖彩獎金早期約一萬元，後期亦接近 10 萬元。二戰期間，日本政府為粉飾太平，賽馬項目並未受影響，「馬照跑，舞照跳」。唯二戰後，香港經濟低迷，尚待復甦，馬會一度停止發行馬票，到 1947 年才恢復。香港五六十年代普羅市民生活艱苦，視賭博為致富之道，馬票遂成為「橫財夢」的標誌。

一張滿載致富夢想的馬票，價值在當時人眼中就等同鈔票一樣。為防止偽造，設計上採用極精細複雜的花紋邊框與圖案，另有馬會蓋印、票根等設計，務求令不法之徒難以仿效印製；馬票的背面則附有條款，註明由哪間銀行派獎，並顯示賽事由哪位太平紳士作監票。精緻的花紋與特別的圖案，吸引了市民投注及收藏，亦成為賽馬會的「流動廣告」。每套／每期的馬票都是經過專業的設計，圖案款式獨立而不重複，已被視為藝術品傑作。

賽馬源於英治時期，屬於上流社會的社交活動與娛樂，進入馬場的主要為擁有社會地位的人士、馬主與馬會會員。彼時大馬票的設計多採用或融合香港的景色，或馬場的內部、馬匹的英姿等。因為主要為服務在港居住的外籍人士，因此馬票上的內容多為英文，處處透着英式的優雅設計元素。

早期的「香港打吡」賽事的大馬票

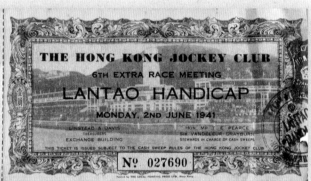

戰前發行的特別版大馬票

交通與博彩

戰後的「打吡」賽事大馬票

到了日治時期，馬會被改名為「香港競馬會」，發行的馬票亦隨之而改變風格。新型的馬票最初仍有英式元素的影子，只是內容由英文改為漢字，如「番號」、「厚生」等字眼；上面的日期由公元年份改為日本的年號「昭和」（將昭和年份加二十五就是陽曆）。派獎銀行亦轉為東亞銀行。到了後期，日本改用軍票作為流通貨幣，馬票上的票值改為了「軍票」，設計圖案亦漸少見到風景畫，而是採用漢文化中的龍鳳，或是富有日本風情的圖案與花紋。

此為日治時期發行的「厚生彩票」，即日後政府獎券的藍本

1942 年由「香港競馬會」發行的秋季馬票。當時文字的印刷與閱
讀習慣，仍然是由左至右

1943 年的春季馬票

1944 年發行的秋季馬票，文字已改為由右至左印刷

戰後百廢待興，馬會於 1947 年重新發行馬票。當時賽馬活動已普及為全民娛樂，亦是平民實現「橫財夢」的捷徑。馬票的風格以簡約為主，大部分亦以中英雙語印刷，方便不同階層的投注人士。如有投注人士中獎，馬會便會沒收其馬票作為注銷紀錄；如投注者沒有中獎，馬票便會成為廢棄之物，現今已成為收藏家的囊中物。現時懷舊市場間中會有整疊馬票出售，有市有價。

SALES UNLIMITED AT HONG KONG $2.00 EACH

Should Sales reach	Prizes will be as under
500,000 Tickets	1st .... $226,800 2nd .... 64,800 3rd .... 32,400 $216,000 to be divided amongst drawers of unplaced entered ponies, whether starters or not.
750,000 Tickets	1st .... $340,200 2nd .... 97,200 3rd .... 48,600 $324,000 to be divided amongst drawers of unplaced entered ponies, whether starters or not.
1,000,000 Tickets	1st .... $453,600 2nd .... 129,600 3rd .... 64,800 $432,000 to be divided amongst drawers of unplaced entered ponies, whether starters or not.

馬票背後會詳細列明派彩方式及獎金分配的方法

1970 年的小搖彩票

1962 年的小搖彩票

1946 年的「董事盃」賽大馬票

1960 年的「皮亞士盃」賽大馬票

1961 年的「皮亞士盃」賽大馬票

1961 年的「打吡」賽大馬票

1969 年的「董事盃」賽大馬票

1977 年的「皮亞士盃」賽大馬票

HONG KONG GOVERNMENT LOTTERY NO. 1/1975
PRIZE LIST

一 九 七 五 年 第 一 期 政 府 獎 券
中 獎 名 單

(a) *Total proceeds and value of prizes.*

The total proceeds from the sale of Hong Kong Government Lottery No. 1/1975 tickets amounted to $1,150,000.00, giving the following values to the prizes:—

（甲）總收入及獎金：

一九七五年第一期政府獎券售出所得總收入爲一百一拾五萬元，獎金分配如下：

(i) The prize of 40 per cent — $460,000.00
（一）頭獎佔總收入百分之四十，即四十六萬元

(ii) The prize of 4 per cent — $46,000.00
（二）二獎佔總收入百分之四，即四萬六千元

(iii) The prize of 0.4 per cent — $4,600.00
（三）三獎佔總收入百分之零點四，即四千六百元

(iv) Each special prize of 0.1 per cent — $1,150.00
（四）特別獎每個佔總收入百分之零點一，即一千一百五十元

(v) Each consolation prize of 0.1 per cent — $1,150.00
（五）安慰獎每個佔總收入百分之零點一，即一千一百五十元

(b) *Winning Tickets.*

The draw for the winning tickets took place in the Theatre of the City Hall at 10.00 a.m. on Saturday, 7th June, 1975 with the following results:—

（乙）中獎獎券：

本期獎券已於一九七五年六月七日（星期六）上午十時在大會堂劇院攪珠開獎，結果如下：

(i) 1 First Prize of 40 per cent of the total proceeds—
（一）頭獎一名，佔總收入百分之四十

Winning ticket number 中獎號碼如下—
234809

(ii) 1 Second Prize of 4 per cent of the total proceeds—
（二）二獎一名，佔總收入百分之四

Winning ticket number 中獎號碼如下—
452518

(iii) 1 Third Prize of 0.4 per cent of the total proceeds—
（三）三獎一名，佔總收入百分之零點四

Winning ticket number 中獎號碼如下—
429509

[P.T.O.]

1975年第一期政府獎券的中獎名單，除列出中獎的慈善馬票編號外，亦有該期的派獎金額分配。得獎結果是在大會堂的劇院攬珠開獎

(iv) 50 Special Prizes each of 0.1 per cent of the total proceeds—

（四）特別獎五十名，每名佔總收入百分之零點一

Winning ticket numbers 中獎號碼如下—

20220	120511	288982	364238	459036
57708	122524	289206	366217	461367
61282	124804	300909	367304	462630
61975	145859	307470	375798	478792
68040	172270	334891	380893	495497
71984	182918	335367	401013	523001
85021	184949	338527	402226	539266
100394	225844	350997	421748	551133
108928	257692	357582	446162	552632
113352	258772	359183	450157	571609

(v) 106 Consolation Prizes each of 0.1 per cent of the total proceeds—
for ticket numbers immediately above and below a winning number.

（五）安慰獎一百零六名，每名佔總收入百分之零點一——給予攪出之中獎號碼之前一張及後一張獎券。

(c) Payment of Prizes.

(i) Prizes must be claimed before 9th June, 1977.

(ii) Prizes will be paid on the presentation and delivering up of the winning tickets as follows:—

1. The 1st, 2nd and 3rd prizes may be collected by appointment only (telephone No. 5-231011) at the offices of Peat, Marwick, Mitchell & Co., 8th floor, Prince's Building, Hong Kong on or after 16th June, 1975.

2. The 50 special prizes and 106 consolation prizes may be collected at the Star Ferry Branch Office of The Royal Hong Kong Jockey Club, Hong Kong between 10.00 a.m. and 10.30 a.m. from Monday, 16th June, 1975 to Wednesday, 18th June, 1975. Thereafter the balance of the 156 prizes will be paid by appointment only (telephone No. 5-231011).

3. The provisions of rule 7(*c*) of the Government Lotteries Rules will apply to any ticket which on presentation appears to be mutilated.

（丙）領獎辦法：

（一）獎金必須於一九七七年六月九日前領取。

（二）領獎時必須繳交所持中獎獎券，辦法如下：

一、 頭、二、三獎之獎金可於一九七五年六月十六日或該日以後，前往香港太子大廈九樓，畢馬域茂曹公司領取。惟必須預約（電話：五-二三一〇一一）。

二、 五十名特別獎及一百零六名安慰獎之獎金可於一九七五年六月十六日（星期一）至六月十八日（星期三）上午十時至十時三十分前往英皇御准香港賽馬會天星碼頭辦事處領取。凡欲在上述日期後領獎者，則必須預約（電話：五-二三一〇一一）。

三、 任何獎券於繳交以便辦理領獎時，類似殘缺不全者，則須依照政府獎券規條第七款丙段之規定處理。

PRINTED BY THE GOVERNMENT PRINTER, HONG KONG

馬票漫談

020

交通與博彩

RACING FORM
OF
HAPPY VALLEY PONIES, HONG KONG

SELECTIONS
FOR
WHITSUN RACE MEETING
SATURDAY, 24TH MAY, 1947

UNOFFICIAL

PRICE: $1

PRINTED BY THE LOCAL PRINTING PRESS, LTD.(H.K.)

As English as the Derby!

It is the English habit to like things good . . . .
in cigarettes just as much as bloodstock.

It is the English habit to smoke Black & White,
the cigarettes for particular people. Created of
the finest Virginia tobacco, produced by men
versed in over three generations of cigarette-
making, can you wonder that Black & White
find favour in all corners of the globe . . . . as
the finest cigarette that even London makes.

THE HISS THAT MEANS THEY'RE FRESH!

BLACK & WHITE
VIRGINIA CIGARETTES

RACING FORM 24, CONNAUGHT ROAD, CENTRAL, 1ST FLOOR.

1947年馬會印製的入場小冊子，近似於今天的馬經。當中
會詳細分析各馬匹的狀況、資料等，因主要贈予馬主、上
流社會人士等，因此以全英文製作。小冊子內另有多個廣
告，包括飲料、香煙等

— 5 —

RACE 3 ("B" Class)

¾ MILE 170 Yds.   Handicap   ¾ MILE 170 Yds.

Argentina Moon 140 lbs. .... ( ): Ran 3rd over 6 Fur. on Jan. 13 in 1.22, losing by 4½ lengths (Rowlands: 152). Lost by many lengths over 1 Mile on May 10 in 1.46-1/5, (Tang, 8. W.; 145).

Elmer 147 lbs. .... ( ): Ran 2nd on April 7 over 6 Fur. in 1.21-3/5, losing by 1 length, Newman up (146). Won over 6 Fur. on Feb. 22 in 1.20-3/5, Hodgman up (149).

Fifth Alarm 145 lbs. .... ( ): Won over ½ Mile 170 Yds. on April 5 in 1.02-2/5, Newman up (152). Ran 2nd over 1 Mile on May 10 in 1.46-1/5, losing by 4 lengths (Rowlands: 142).

Hurricane 137 lbs. .... ( ): Won a mile race on Feb. 8 in 1.52-2/5, Rowlands up (147). Ran 3rd over 1 Mile on March 15 in 1.49, 1½ lengths behind (Ostroumoff: 146).

Jeep Hing 140 lbs. .... ( ): Ran a poor 3rd over 6 Fur. on April 7 in 1.21-3/5 (Hodgman: 143). Ran 2nd over 6 Fur. on Feb. 22 in 1.20, losing by 3/4 length, (Rowlands: 150).

Kim 156 lbs. .... ( ): Won by 4 lengths over 1 Mile on May 10 in 1.46-1/5 (Newman: 144). Won a ½ Mile race in 53-2/5 on Jan. 18 (Maitland: 152).

Royal Commission 149 lbs. .... ( ): Won over 1 Mile 171 Yds. on April 5 in 2.00-3/5 (Boycott: 149). Ran 2nd over 1¼ Miles on April 26 in 2.18-2/5, 5 lengths behind, (Boycott: 152).

Ruby Star 135 lbs. .... ( ): Finished far behind in a 6 Fur. race on April 7 (Castro: 159). No other form.

Spanish Onion 145 lbs. .... ( ): Won over 6 Fur. on Feb. 22 in 1.19-4/5 (Black: 152). Failed badly in four subsequent outings, losing by many lengths.

Thunderbolt 137 lbs. .... ( ): Ran 3rd on May 10 in 1.46-1/5, losing by 4¾ lengths (Francis: 135). In nine starts has placed seven times.

V-J Day 152 lbs. .... ( ): Won a 6-Fur. race on Feb. 22 in 1.20 (Hodgman: 147). Ran 3rd on April 26 over 1 Mile in 1.44-4/5, losing by many lengths (Newman: 135).

White Dragon 157 lbs. .... ( ): Won over ½ Mile 170 Yds. in 1.02-3/5 on March 22 (Chui: 150). Won a 6-Fur. race on April 7 in 1.21-3/5 (Yuen: 150).

Wodonga 141 lbs. .... ( ): Won over ½ Mile 170 Yds. on March 22 in 1.01-1/5 (Black: 149). Ran a good 4th on May 10 over 1 Mile in 1.46-1/5 (Ostroumoff: 143).

Selections: KIM   V-J DAY   FIFTH ALARM

— 9 —

RACE 5 ("A" Class)

1 MILE 171 Yds.   Handicap   1 MILE 171 Yds.

Bashful Beauty 153 lbs. .... ( ): Won over 1 Mile 171 Yds. in 2.03-1/5 on Feb. 22 (Francis: 152). Won over 6 Fur. in 1.17 on April 5 (Ching: 158). Lost to Norse Queen by 1 length on April 26 over 1 Mile in this year's fastest time of 1.44-4/5 (Ching: 158). Has the impressive record to date: 4 Firsts, 2 Seconds and 1 Third, in seven starts.

Daisy Bell 142 lbs. .... ( ): Won a 6-Fur. race on May 10 in 1.17-4/5 (Yuen: 140). Won over 1 Mile 171 Yds. on Jan. 18 in 2.08 (Yuen: 152). Won over ½ Mile 170 Yds. on March 15 in 1.00-2/5 (Yuen: 135). In seven starts, ran unplaced three times. Was at first extremely nervous, but is now improving. May not start here.

Lily 147 lbs. .... ( ): Won a 1¼ Mile race on April 26 in 2.18-2/5 (Chui: 152). Won over 1 Mile in 1.51-1/5 on Feb. 8 (Chui: 147). Makes her first appearance in this class.

Norse Queen 159 lbs. .... ( ): Set the best time for the mile this year of 1.44-4/5 on April 26 (Ostroumoff: 159). Won over 1¼ Miles on April 7 in 2.20-1/5, in heavy going, (Ostroumoff: 159). Has the best course record to date: 5 Firsts, 1 Second, 1 Fourth. Winner of the Derby, the Champions and St. George's Plate.

Sookunpots 140 lbs. .... ( ): Ran 2nd over 6 Fur. in 1.17-4/5 on May 10, losing by 2½ lengths (Pih: 146). Ran 2nd on April 7 over 1¼ Miles in 2.20-1/5, in heavy going, losing by 3 lengths (Pih: 143). In eight starts has only once failed to place.

Selections: BASHFUL BEAUTY
NORSE QUEEN
SOOKUNPOTS

— 15 —

RACE 8 ("C" Class)

½ MILE   Handicap   ½ MILE

Al Fresco 139 lbs. .... (   ): Ran 3rd over ½ Mile in 53 secs. on Jan. 18, losing by 10 lengths (Ostroumoff: 149). Failed badly in his subsequent three outings.

Argus 146 lbs. .... (   ): Ran 3rd in a mile race on March 15 in 1.50, losing by 3½ lengths (Miu: 141). Ran 6th on April 26 over 6 Fur. in 1.21, far back (Pearn: 156).

Blue Peter 152 lbs. .... (   ): Ran 2nd over 1 Mile in 1.52-4/5 on May 10, losing by a bend (Hodgman: 159). Won a 6-Fur. race in 1.23-4/5 on April 5 (Hodgman: 143).

Burgomaster 152 lbs. .... (   ): Won over ½ Mile 170 Yds. on March 15 in 1.03-2/5 (Woo: 152). Ran 4th over 6 Fur. on April 26 in 1.02-1/5 (Castro: 155).

Canary 145 lbs. .... (   ): Ran 2nd over 1¼ Miles in 2.23-1/5 on May 10, losing by 3/4 length (Kwok: 140). Ran 2nd over 6 Fur. in 1.22-1/5 on March 22, losing by a head (Hodgman: 142).

Hoi Polloi 146 lbs. .... (   ): Ran 3rd over 6 Fur. in 1.21 on April 26, losing by 2-3/4 lengths (Jones: 151). Ran 3rd over 1¼ Miles in 2.23-1/5 on May 10, 2-3/4 lengths behind (Lee, S. W.: 146).

Honeybelle 142 lbs. .... (   ): Ran 2nd over 6 Fur. in 1.24 on Jan. 18, 3/4 length behind (Maitland: 152). Ran 4th over 1¼ Miles in 2.23-1/5 on May 10 (Yuen: 146).

Kingfisher 137 lbs. .... (   ): In seven starts has always finished far behind the leaders. Ran 6th on May 10 over 1¼ Miles in 2.23-1/5 (Chui: 144).

Kookaburra 139 lbs. .... (   ): Ran 3rd over ½ Mile 170 Yds. on April 5 in 1.02-2/5, losing by 2½ lengths (Boycott: 138). Ran 5th in a 6-Fur. race on April 26 in 1.21, far back (Crisfield: 155).

Peggy 152 lbs. .... (   ): Won a mile race in 1.51-4/5 on May 10 (Ip: 159). Ran 3rd over ½ Mile 170 Yds. in 1.04-4/5, losing by 2½ lengths (Brodie: 158).

Tootsie 152 lbs. .... (   ): Ran 1st over 1 Mile in 1.52-4/5 on May 10 (Tang Man Wa: 159). Previously ran 2nd over ½ Mile 170 Yds. in 1.04-4/5 (Yuen: 159).

Selections: HOI POLLOI
                  CANARY
                  PEGGY

— 16 —

PERFORMANCES OF JOCKEYS: 1947
(Jan. 13—May 10, Inclusive)

Note: The Riding Weights listed here are being carefully revised from one meeting to another. Particular attention should be paid to these, as many jockeys are unable to take full advantage of weight allowances awarded their mounts.

		1st	2nd	3rd	Unp.	Riding Weight
1.	Newman, J. C.	10	7	9	20	134
2.	Ostroumoff, A.	10	6	7	26	143
3.	Chui, R. K. C.	9	6	3	31	140
4.	Hodgman, H. M. R.	8	8	8	19	143
5.	Francis, P. S.	7	4	3	12	135
6.	Rowlands, M.	6	9	9	19	142
7.	Yuen, S. L.	6	5	4	25	135
8.	Maitland, H.	4	2	4	5	147
9.	Black, D.	4	1	0	3	143
10.	Boycott, M. M.	3	5	8	25	138
11.	Gregory, C. L.	3	5	6	10	150
12.	Woo, D. G.	3	5	2	16	138
13.	Pearn, A. W. C.	3	1	5	13	152
14.	Pih, H. C.	2	9	1	8	142
15.	Ching, A. C.	2	4	4	9	154
*16.	Gregory, G. D. A.	2	0	0	2	152
*17.	Kwok, K.	1	2	0	0	126
*18.	Carvalho, E. H.	1	1	0	0	154
*19.	Crisfield, J. S.	1	0	1	11	145
20.	Ip, K. I.	1	0	0	0	
*21.	Miu, L. S.	0	2	6	24	141
*22.	Castro, R. A.	0	1	1	4	135
23.	Chiu, K. F.	0	1	0	1	138
*24.	Sadick, O. R.	0	1	0	9	152
25.	Brodie, E. A.	0	0	1	1	154
*26.	Lee, S. W.	0	0	1	1	126
27.	Tu, Y. K.	0	0*	1	4	152
28.	Wood, R. M.	0	0	1	5	152
*29.	Jones, G. O.	0	0	1	7	151
30.	Shieh, W. K.	0	0	1	1	
31.	Tang, S. W.	0	0	0	1	145
*32.	Ho Hong Ping	0	0	0	2	149
33.	Tang Man Wa	0	0	0	2	145
*34.	Leong, Harold C.	0	0	0	3	152
*35.	Bluestone, R. M.	0	0	0	12	152

* Novices.

馬會於 1962 年開始發行「政府獎券」，並於 1977 年正式取消發行馬票。1999 年時馬會為慶祝千禧年的到來而重新發行馬票，名為「千禧慈善馬票」，並於 2000 年 1 月 1 日凌晨舉行千禧盃作為開獎賽事，頭獎獎品更有足金二千兩！2009 年 11 月 15 日，香港賽馬會為慶祝成立 125 周年，又推出「125 周年紀念馬票」，當時賽事頭獎獎金約值港幣 1,250 萬元的千足黃金。

千禧慈善馬票封套。全套慈善馬票有四個系列，
分四期發行，是當年非常矚目的限量紀念品

```
01JAN2000
BRANCH 0911/003
HORSE NUMBER
馬匹編號        14
LUCKY DRAW NUMBER
抽獎券號碼  34014750
$20.00              1461
2A20 3BF2 C081 895B
```

千禧慈善馬票共二十款設計、四種顏色，
分別以香港賽馬的「發展里程」、「矚目盛
事」、「慈善事務」與「歷屆馬王」為題，
每種顏色有五張不同圖案的馬票設計

郵政署當年發行的香港賽馬
會百周年紀念郵票小全張
(miniature sheet)

交通與博彩

千禧慈善馬票紀念封

賽馬會百周年紀念
JOCKEY CLUB CENTENARY
Mel Harris

馬票以外

現時馬會投注站隨處可見，市民不論想小賭一下，或是為尋求刺激一擲千金，都十分方便。但在五六十年代時，香港仍未設有馬場場外投注站，市民如欲購買馬票，但又不想特意到馬場，只可透過路邊士多、小販、報攤，或是在茶樓出沒的「馬票女郎」。一般來說，馬票女郎所售的馬票會較平時的價錢為高，每張為二元一角，她們的利潤是一角；賣不完的話，就會當成是自己今期賽馬的投注，不中便唯有慨嘆時運不濟；中了的話便實現了「橫財夢」！當年一層樓約值四、五萬元，如中了馬票，便是「百萬富翁」，隨時能買下幾個「冧巴」（即幾幢樓）。所以每逢馬季，市民必定入場「搏殺」，以「刀仔鋸大樹」的方式，希望成為新財主。

1910 年代快活谷

明信片上 1920 年代的快活谷馬場景況

1940 年代的跑馬地鳥瞰圖

1969 年代拉頭馬的盛況

山頂纜車

香港山頂纜車於 1888 年 5 月 30 日正式通車，服務來往山頂與港島的住客與遊人，至今已逾 130 年。山頂纜車是香港最早的陸上公共交通工具，亦是當年全亞洲第一個以鋼纜推動上山的交通工具。1988 年為慶祝纜車通車百年誌慶，香港郵政署特別發行郵票紀念；而乘搭纜車亦成為遊客訪港景點首選，乘車到山頂欣賞世界聞名之「東方之珠」。

香港開埠初期，居住在太平山上是身份的象徵，為洋人富豪與名流所推崇。當時來往山上山下的唯一「交通工具」，是乘坐轎夫（赤腳華人）所抬的「山兜」（Sedan Chair）上落，十分不便。1881 年，在香港島興建電車系統的議案被提上日程，經由立法局審議批核後，於 1882 年通過《建築車路條例》（Professional Tramways Ordinance）。由香港總商會聯同另外三個商家，包括沙宣家族，成立了香港高山纜車鐵路公司（Peak Tramways Company Limited），負責興建來往香港島的金鐘花園道和太平山爐峰峽的山頂纜車。

乘客

開通纜車，原本是為應付山上居民的日常所需。選址興建時，亦有考慮到日後的旅遊業發展。纜車服務增加了該區客流量，山頂上亦興建了山頂酒店（建於 1873 年），再加上穩健可靠的交通服務，乘客沿途可飽覽維多利亞港景色。太平山隨即蜚聲國際，吸引多國旅客到此遊玩，為本地帶來經濟效益。

交通與博彩

當年為推廣香港旅遊，本地及外
國多間旅遊公司都自行出版旅行
小冊子，詳述香港的歷史、各個
景點，以及交通工具的特色

纜車車廂最初分為三個等級：頭等、二等、三等。頭等為英國殖民地官員與山頂居民專屬；二等供英國軍人與香港警員使用；三等便為其他華人乘客。每程可載客三十名，中間車廂為頭等。1908 至 1949 年間，頭等車廂內有銅片寫着：「此座位特為港督而設」，表示此座到開車前二分鐘內，任何人也不得佔用，因唯恐港督會突然出現乘車。

當中的華人乘客，並非日常上山遊玩的人士。殖民地政府於 1894 年通過《山頂區保留條例》，列明太平山為非華人居住地區，除非獲港督批文同意，否則華人禁止居於山上。所以當時會乘坐纜車上山下山的華人，幾乎都是山上洋人居民的傭工（如身穿白衫黑褲的馬姐，須到山下採購僱主所需的日常用品），或是為居民服務的華人買辦等。順道一提，當時乘搭纜車的人士身份尊貴，纜車亦非一般的交通工具，因此衣衫不整人士恕不招待。

票價

最初時，纜車的頭等車廂票價收費為三毫、二等兩毫、三等一毫，所有回程票一律半價。1946 年戰後，車資有所調整，頭等費用六毫、二等四毫；1973 年後已取消分等收費，改為成人與小童分別收費。成人車票由六毫增至一元，12 歲以下小童每程收費五毫；1989 年山頂纜車車資票價調整至六元，現時已增至成人收費 99 元（來回）、3 歲至 11 歲小童收費 47 元（來回）。

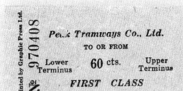
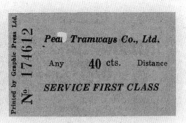

1946 年戰後山頂纜車公司車資票價並無調整，頭等收費六毫，二等收費四毫

1973 年山頂纜車成人收費由六毫增至一元，12 歲以下小童每程收費五毫

1989 年起，山頂纜車車資票價已調整

當年的纜車收費，為方便每日來回的乘客（以工人、傭工為主的客群），特別設定了這一款車費等級：

特別為工人而設，收費一毫五仙（單程）

工人階層專用全程收費二毫五仙

當時車費是按分段收費，可選擇「全程」（Full Distance），或由總站到某一中途站（如上面顯示的「May Road」，即梅道）。這種只供「Workman」使用的車票，價錢比其他乘客更為廉宜，是考慮到傭工須每日依賴纜車來回而給予的優惠。另外，纜車亦有發售「月票」，供多程乘搭的人士選購。月票有限制每日的乘搭次數，但車費相對會較便宜。

PEAK TRAMWAYS CO., LTD.
山頂纜車

PEAK TRAMWAYS
COMPANY LIMITED

FOUNDED 1888

回 程 票
DOWN JOURNEY

山頂凌宵閣
THE PEAK TOWER
(1305 feet above sea level)
至
TO
花 園 道
GARDEN ROAD
(80 feet above sea level)

TO BE RETAINED
請保留此票根

466827

凌宵閣
THE PEAK TOWER

HOME OF THE PEAK
TOWER RESTAURANT &
COFFEE SHOP, FOR THE
FINEST CUISINE AND AN
ALWAYS WELCOMING
SMILE

VALID FOR ONE ANY DISTANCE JOURNEY
限 於 任 何 壹 段 車 程

ON DATE OF ISSUE ONLY
只 限 在 發 售 當 日 使 用

TO BE GIVEN UP ON
COMPLETION OF JOURNEY
旅 程 完 請 交 回 此 票

30 JUN 1986

1986 年的山頂纜車車票，分為去程與回程兩部分

上山路途

　　乘客要乘坐纜車上山，須到花園道聖約翰大廈（St. John's Building）的山頂纜車中環總站，向揹着裝了車票與零錢的布袋、穿着制服的售票員（Conductor）購票乘車。買票後，再由月台職員打吼，便可上車等候開車。

　　當年纜車運行是由蒸汽渦爐推動，尚未有電子系統。因此纜車開車、停車、到站前，須由月台職員鳴鐘發出訊號，以通知司機與乘客注意。

　　初代的纜車每程只可接載 30 人，到 1959 年全新金屬纜車面世，變為可載客 72 人。直至 1989 年纜車公司耗資六千萬引進電子系統，驅動纜車上山下山，車廂可容納更多乘客，不只收入日增，亦便捷了上下山的居民與遊客。

舊時的中環纜車總站

PEAK TRAMWAY STATION, HONGKONG

PEAK TRAMCAR, HONGKONG

此為初代電車款

1960 年代的新型金屬電車

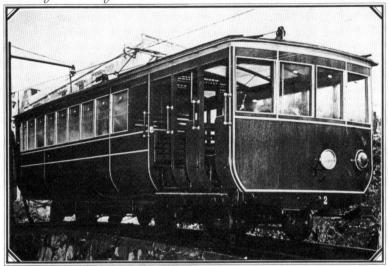

Hong Kong

Peak Tram 1926-1949

纜車公司官方印製的纜車明信片

Peak Tramway Station, Hongkong.　　　　H. 98

1920 年代的纜車

S 01111

REDEMPTION COUPON
換 領 券

Star Ferry's Harbour Tour
Single Ride Day Round Trip

天星維港遊
日間單程環遊

天星·悠·歷
Celebrating 110 Years of Fascinating Experience

110th Anniversary
110周年獻禮

Special Anniversary

TWO Legendary Experience
TWO Fascinating V

$160 for TWO

二人同行價

Star Ferry's Harbour Tour
Peak Tram (Return)
包括天星維港遊（日間單程環遊

天星·悠·歷
Celebrating 110 Years of Fascinating Experience

2008 年為山頂纜車通車 120 周年，同時亦為天星小輪成立 110 周年。香港旅遊發展局為紀念兩個重大事件，以吸引更多海內外遊客，推出「特別周年獻禮」套票。套票為「二人同行價」，消費者只須付港幣 160 元，便可同日乘坐包括：天星小輪的日間單程環遊、山頂纜車來回，以及持票免費參觀山頂凌宵閣摩天台（註：此紀念券並未曾使用，現已成為特別收藏品，市值奇高，因其編號為「1111」，普遍視為「幸運號碼」）。

Offers 特別周年獻禮

ews 體驗**兩個**經典旅程

iews 感受**兩個**醉人景致

P 01111

REDEMPTION COUPON
換領券

Peak Tram Sky Pass
Peak Tram (Return) &
Admission to Sky Terrace

山頂纜車摩天套票
山頂纜車（來回）及
凌霄閣摩天台

THE PEAK TRAM
CELEBRATES
120 YEARS
1888 - 2008

persons (original price $196)

$160 （原價 $196）

(Single Ride Day Round Trip),
& Sky Terrace inclusive
），山頂纜車（來回）及凌霄閣摩天台

THE PEAK TRAM
CELEBRATES
120 YEARS
1888 - 2008

120th Anniversary
120周年獻禮

CENTENARY OF THE PEAK TRAMWAY 山頂纜車百年紀念
4th August, 1988 First Day Cover 首日封一九八八年八月四日

1988 年，為紀念山頂纜車通車 100 周年，香港郵政署於該年 8
月推出紀念郵品「山頂纜車百年」系列，當中的首日封除了包括
四張具紀念價值的郵票外，並蓋上首日戳以茲紀念。

車票背後

由於建立纜車系統的初衷，是為山上的外籍居民服務。因此最初期的車票上，只印有英文文字。車票背後的條款，亦只有英文版。

迄 1947 年，政府廢除《山頂區保留條例》，太平山頂區始有華人名流入住，加上旅遊業發展暢旺，各國旅客爭相到訪。為方便住戶與遊客，車票的正背兩面資料亦開始加上中文說明。

Issued subject to Peak
Tramways Ordinance
and Bye-laws
NOT TRANSFERABLE
PEAK TRAMWAYS CO. LTD.

Issued subject to Peak
Tramways Ordinance and
Bye-laws
NOT TRANSFERABLE

PEAK TRAMWAYS LTD.

Tickets are issued subject to
the Peak Tramways ordinance
and Bye-laws.
No refund will be made under
any circumstances against issue
of tickets.

A7272

纜車公司為香港本地成立的公司，因此印製車票等工作交由本地印刷廠負責。如下圖的車票背面便印有印刷機構「Chung Hwa Book Co. Ltd」與其地址字樣，即中華書局（香港）有限公司的英文名，以示車票是在香港地區印製。

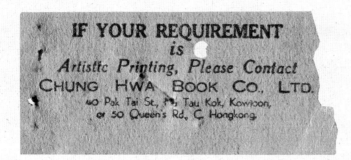

除了一般的乘車注意事項與條款，善於尋找商機的生意人，遂在車票這個小小的方寸之地動腦筋。纜車車票的背面亦是歷史發展的一個憑證。

早於三四十年代起，車票的背面已是各品牌必爭之地。從廣告商與推銷的產品來看，便可以得知當時纜車乘客群的情況。如 Shriro（China）Ltd. 所售賣的「International Harvester Refrigerator」（冰箱），以及 Graphic Press Ltd. 所提供的「Business Letterheads Envelopes」（商用紙品）訂購服務，可以明確肯定目標對象為山上的洋人居民：一、廣告為全英文；二、以冰箱為例，當年以一戶普通人家的經濟能力與其家居環境，是負擔不起購買冰箱的，這個在現代家庭幾乎是必備的電器，在舊時卻是奢侈品，只有居於山頂的富裕洋人家庭才會購買；三、有需要在信件印上公司的品牌與抬頭，唯有大機構才會有這樣的氣派與支出預算。這些都反映了當時在該區生活的居民的消費能力與生活習慣，與山下的一般市民有不同。

及後山頂成為旅遊熱點，纜車的乘客群亦漸趨多元化，有來自各個階層的。車票背面的廣告亦逐漸普及化，不但有本地廣告商以中文刊登廣告，廣告所推廣的貨品，亦為一般市民所能負擔，如「屈臣氏汽水」等，與生活息息相關。

早期的廣告以英文為主，貨品亦屬昂貴的奢侈品

後期的廣告為大眾的消費品

香港電車

為應付日益增長的人口與工商業發展，香港尤其是港島地區對於公共交通工具的需求甚殷，政府於 1901 年通過議案，在港島北地區建設電車系統。

負責工程與營運電車的是「香港電車電力有限公司」（1910年正式名為「香港電車有限公司」，沿用至今），屬渣甸洋行旗下機構。電車於 1904 年啟用，初期行駛於堅尼地城與銅鑼灣之間，其後伸延到跑馬地，並東至筲箕灣。

早期的電車共有 26 輛，為單層設計。全車內部不分等級，但以每部車輛為單位，分為一等（10 輛）與三等（16 輛）。一等車廂中間是密封區域，直排兩張長椅；車頭、車尾部分採用開放式設計，共載客 32 人，收費每位一角。三等車為開放式車廂，備有橫排長椅，連企位可容納 48 人，收費每位五仙。

第一代電車（單層），攝於德輔道中，右邊是太子行，左為第二代滙豐銀行

　　至 1912 年，電車的乘客量已大幅上升，電車公司遂開設雙層車卡，以紓緩載客壓力。這款第二代電車，為上下兩層式設計，上層是露天座位，放置公園式座椅，屬頭等座位；下層有三分之一亦劃為頭等，其餘部分為三等。車隊共有 10 輛，為全球獨有的雙層電車車隊。由於上層為無蓋設計，遇上大熱天或大雨天的日子，乘客便不能乘搭。因此電車公司翌年在上層加裝帆布帳篷，供乘客遮蔭避雨，方解決問題。此為第三代電車。後於 1923 年再改裝為堅固而永久性的木造上蓋。

第三代電車（帆布上蓋），攝於上環三角碼頭位置

1925 年，密封式的電車型號投入服務，是為第四代。這個型號的電車以上下層分等，上層為頭等車廂、下層為三等。新款電車的空間較廣，上下層的乘客更感舒適。1974 年，電車取消等級制度，全線劃一收費。2000 年底，電車公司正式推出「千禧電車，編號為 168、169 及 170；2016 年，首輛冷氣電車投入服務，編號為 88（港人非常喜愛的幸運號碼），車身承襲千禧電車，主要是車頂添了兩部空調，以及將電阻箱移後。

第三及第四代電車，攝於石塘咀，時為 1930 年代

1930 年代，電車駛經德輔道中（近郵政總局）

1941 年 12 月 25 日，香港淪陷，日軍佔領時電車一度停駛。至 1945 年 8 月 15 日戰爭結束，只有 15 輛電車能夠維持服務。1967 年香港發生「六七暴動」，港島情況尤為嚴峻，不時傳出路邊有土製炸彈傷及無辜途人的新聞。當時幾乎所有公共交通工具停駛，唯有部分電車員工堅持每日開車，服務市民。

日軍佔領香港期間，車票的字裏行間都滲透了日本味道，如「電車公司」改為「電車事務所」等字眼

電車票最初期，是在英國印製後再經船運送到香港分發。但在英國的印刷費用成本較香港為高；再者，這樣一來一回，既會有誤了船期的可能，運送時間亦長。整體而言，並不符合經濟原則。因此 1967 年之後便轉移回香港印刷，由「Bell Punch-Somerville H.K.」印製。這樣一來，不但減省了運輸的勞務，時間成本方面亦能大大減低。

除單程車票外，電車公司亦推出「月票」供乘客選購。月票行實名制，每月發放，分普通月票與學生月票，後者比前者更為廉宜。彼時電車上共有三名職員：司機、上層售票員、下層售票員，乘客登車時須出示月票或直接向售票員買單程車票。1976 年，電車引入收費錢箱，乘客只須於下車時投下五角，全部工序改由一個司機負責。1982 年，拖卡服務被淘汰，是由於收取頭等費用，但只是三等服務，再加上拖卡行駛時非常震盪，故不受市民歡迎。

1970 年代沿用的頭等
(上層) 車票, 售價二毫

1970 年代沿用的三等 (下
層) 車票, 售價一毫

學生車費半價, 票價只需一
毫 (註: 此票是罕有錯體
票——無編號)

當年亦有特別車票給予海軍
與軍人使用, 車費比一般市
民便宜, 即使是頭等車票,
亦只需一毫 (半價)

1954 年 6 月份成人月票。月票仍
以英文為主，有持票人姓名、月
份、生效日期，以及其他使用細則

受此票者姓名 李崇光 先生

電車月票每張拾捌員

8523

用至壹仟九百五拾四年十一月三十號止

此票不得交給列人須依照本公司例而行事處所頒佈之則例而行

凡本公司人員在程途查閱取此票必要交出

此票滿期請即交回本公司

香港電車有限公司謹白

注意：上討取此票給繳車覺

1954 年 11 月份成人月票。月票
背後亦有持票人姓名、月份、生
效日期，以及其他使用細則。當
年 18 元票價相當昂貴，足以享用
20 份午餐

1979 年 4 月份成人月票。彼時已
漲價至 27 元票價

九倉於 1974 年收購電車經營權
後，設計了新標誌，此票是車票
歷史上最後一款（1976 年）。當年
票價三毫

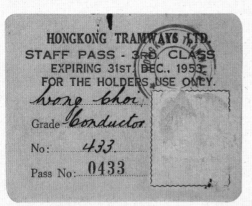

HONGKONG TRAMWAYS LTD.
STAFF PASS - 3RD CLASS
EXPIRING 31ST. DEC., 1953.
FOR THE HOLDERS USE ONLY.
wong choi
Grade *Conductor*
No: *433*
Pass No: *0433*

香港電車有限公司

職工免費車票三等

此票用至壹九五三年十二月廿一日

凡職工在當值時必須常携此票，以備查閱，其他時候，在程途中，如有本公司人員討取檢閱，必須交出，否則照常給足車費。

持票人簽名

圖為1953年由香港電車有限公司發出的「職工免費車票（三等）」，有效期為一年。員工持此證，可免費無限次乘搭電車（須為三等）

1976年以前，電車上的售票員會逐一檢查乘客有否購票，並在其登車站的位置打咗作記認，打咗時發出清脆「叮叮」聲音，也是電車別號「叮叮」的由來

有能力發掘商機的人，自不會錯過在每日穿梭港島各區的電車身上打主意。自 1930 年代起（即電車步入雙層載客時代），電車車身已滿載各種產品的各式廣告。初時以保健產品為主，後發展成各種生活必須品與精緻的商品；而形式亦從以文字為主，蛻變成多彩多姿的圖片與設計，令人目眩。

電車車身各處都可以成為廣告載體，高峰時一架電車可同時容納近八個廣告

現役中最經典的電車——120 號，獨特的老牌廣告只在此車身上出現

小小一張車票，亦難逃成為廣告的載體。最初期仍未有在車票賣廣告的潮流，車票背面只有英文或中英皆備的安全提示，部分亦會寫上條款。後期漸趨商業化，便轉為商業機構的必爭之地，紛紛在這片方寸之地刊登商品廣告，短暫的乘車時間成為了賣廣告的好時機。

車票廣告特別受商業機構與各大品牌青睞；除了流行的保健產品外，銀行、大商場等亦會在車票上刊登廣告文案；而電車公司亦會作自我營銷（如包車服務等）

1994 年，香港地下鐵路公司為慶祝電車通車 90 周年，特別推出「香港電車九十週年紀念車票」共十萬張公開發售，以茲紀念。2004 年為電車公司成立 100 周年，舉行了一連串活動。香港郵政署亦發行了一套「香港電車百周年紀念」郵票，以 1904 至 2004 年間電車車款的五個重要歷史發展階段為設計內容，見證香港電車百年來的演變，此套紀念郵票更榮獲了當年的最佳郵票設計獎。

1994 年是電車通車 90 周年紀念，香港地下鐵路公司與電車公司合作，印製特別紀念車票

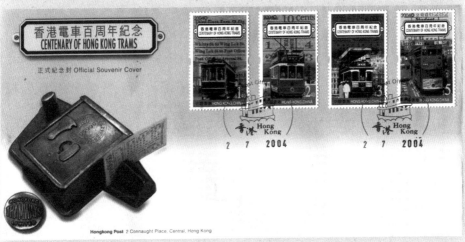

2004 年是電車一百周年，香港郵政署發行郵票紀念，此為首日封

香港巴士

　　舊時公共交通工具選擇不多，而由於港島區的發展比新界與九龍為先，該區的選擇為多，亦獨有電車服務，可謂四通八達。九龍的地勢不如港島平坦，而多變的山脈致使開闢的道路較為迂迴，未能將電車服務引入。

　　然而隨着香港社會經濟急速發展，九龍區亦日漸繁榮、人口增多。於是，1921 年由雷氏家族成立九龍汽車有限公司（即後來的「九巴」），在商業活動最多，或人口最密集的地區，開辦了兩條巴士路線，包括來往尖沙咀與深水埗、尖沙咀與九龍城兩條路線。

　　另一邊廂，於 1924 年，一群華商包括著名企業家顏成坤與商人黃耀南等人，亦成立了中華汽車有限公司（簡稱「中巴」）。

1920 年代的九龍巴士，當時路面上仍有人力車行走（攝於尖沙咀碼頭）

到了 1930 年代，政府為了更有效管理巴士業務，實施了「地區專利」制度，分割香港島與九龍、新界兩個地域招標。最終結果，中巴取得港島巴士的專營權，九巴則取得九龍及新界的專營權。戰後港島區人口增長，中巴不斷擴張巴士路線網絡，1970 年代更與九巴合營過海巴士路線，盛極一時；九巴則成立「九龍汽車（一九三三）有限公司」，接管當時中華汽車及啟德巴士公司經營的 18 條九龍及新界路線，後於 1992 年易名為「九龍巴士（一九三三）有限公司」，一直沿用至今。

唯 1980 年代中期始，中巴服務逐漸走下坡，終於 1993 年失去港島多條巴士路線的專營權；餘下巴士路線亦於 1998 年 3 月，由政府強行收回，並重新公開招標。中巴的經營路線後交予「城巴有限公司」與「新世界第一巴士有限公司」接手，於 1998 年 8 月 31 日正式結束巴士服務，具 65 年歷史的中巴從此退出專利巴士業務。

五十年代的雙層九龍巴士（攝於佐敦道）

佐敦道碼頭巴士總站（現為高速鐵路香港西九龍站）

1950 年代俗稱「白水箱」型號的九龍巴士，為新界地區提供巴士服務

1980年代的中巴

CHINA MOTOR BUS COMPANY.
中華汽車公司

早期的中巴，約1933年

1960 年代上環街市（即現西港城）外的
電車與中巴（攝於干諾道中）

China Motor Bus　中華巴士服務香港島始於1933

中巴因經營不善，於
1998 年結束巴士業務。
此明信片上的郵戳日期為
1998 年 8 月 31 日，是
中巴最後一日經營

POST CARD

$1.60

利棓嘉
RC & Co.

香港巴士名信片系列之（一）中華汽車有限公司

現時乘搭巴士，只須上車時以電子收費系統或投幣方式付款即可。初期的巴士採用售票方式，每輛巴士都有售票員當值，負責售票，根據乘客搭乘的車程收取車資，並於代表下車地點的數字上打吼，以資識別。另外，為方便每日來回的乘客，巴士公司亦有推行「月票制」，供普通市民與學生使用。巴士車票的印製，與電車一樣均在本地進行，採用輕、薄並有防水功能的紙質。

這個打吼鉗不但會用作檢票，亦可作為
檢票員與司機互通消息之用

巴士早期曾設立頭等及二等車廂，後取消等級制，只按車程全段或分段收費，所以不同顏色代表了不同的車資。車票售票制一直運行至 1972 年後，便全面改為投幣形式，乘客上車時須將車費投至司機旁的錢箱。這項改革有助大幅減少乘客取巧搭「霸王車」，亦減省了行政與印刷車票的成本費用。以往乘客需要下車時，需提前通知售票員，售票員便會敲打車頂或車身的鋼板，示意司機停車或開車；後期車上售票員一職取消後，改為乘客自行打鐘示意；之後全部巴士改用電鐘，乘客按鐘後，司機頭上的顯示燈便會亮起，指示更為醒目，避免不小心「飛站」的情況。

交通與博彩

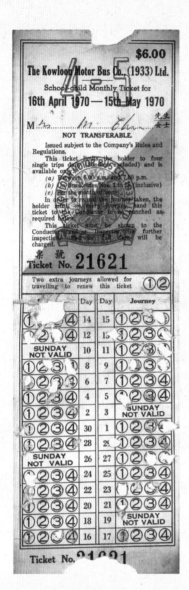

$6.00

The Kowloon Motor Bus Co. (1933) Ltd.

School-child Monthly Ticket for

16th April 1970 — 15th May 1970

M..............M. Chan............ 先生 女士

NOT TRANSFERABLE.

Issued subject to the Company's Rules and Regulations.

This ticket limits the holder to four single trips daily (Sundays excluded) and is available only:—

(a) Between 6.00 a.m. and 7.00 p.m.
(b) On Bus Routes Nos. 1 to 15 (inclusive)
(c) For the month of issue.

In order to record the journey taken, the holder must, on every journey, hand this ticket to the Conductor to be punched as required below.

This ticket must be shown to the Conductor and/or Inspector for further inspection, otherwise full fare will be charged.

票 號
Ticket No. 21621

Two extra journeys allowed for travelling to renew this ticket ① ②

	Day	Day	Journey
①②③④	14	15	①②③④
①②③④	12	13	①②③④
SUNDAY NOT VALID	10	11	①②③④
①②③④	8	9	①②③④
①②③④	6	7	①②③④
①②③④	4	5	SUNDAY NOT VALID
①②③④	2	3	①②③④
①②③④	30	1	①②③④
①②③④	28	29	①②③④
SUNDAY NOT VALID	26	27	①②③④
①②③④	24	25	①②③④
①②③④	22	23	①②③④
①②③④	20	21	①②③④
①②③④	18	19	SUNDAY NOT VALID
①②③④	16	17	①②③④

Ticket No. 21621

由九巴於1970年4月發出的
學生月票 (School-child Monthly
Ticket)，票價比一般月票為
低，規限亦相對較多，如：每
日只可憑票免費乘搭四次單程
(包括周日)、時限為每日上午
六時至晚上七時等

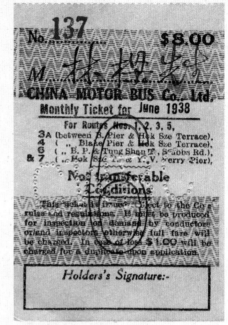

No. 137 $8.00

M 林模燊

CHINA MOTOR BUS Co., Ltd.

Monthly Ticket for June 1938

For Routes Nos. 1, 2, 3, 5.

3A (between B. Pier & Hok Sze Terrace),
4 („   Blake Pier & Hok Sze Terrace),
6 („   B. P. & Tung Shan T., Stubbs Rd.),
& 7 („   Hok Sze T. & Y. V. Ferry Pier),

Not transferable

Conditions

This ticket is issued subject to the Co.'s rules and regulations. It must be produced for inspection on demand by conductors or and inspectors otherwise full fare will be charged. In case of loss $1.00 will be charged for a duplicate upon application.

Holders's Signature:-

由中巴於1938年6月發出的成人月
票，票價8元。持票者可憑票無限次
搭乘1至7號巴士的全段路線 (其中
3A、4、6、7號的部分分段路線)，
不得轉讓

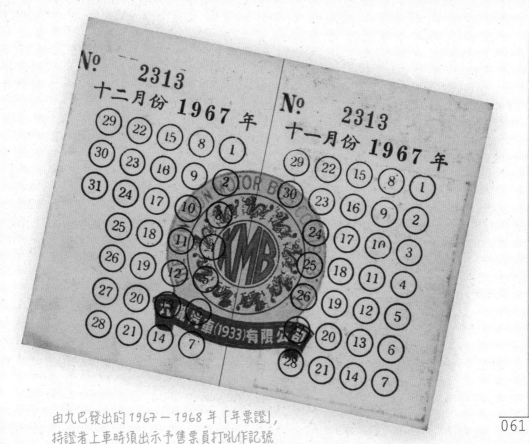

由九巴發出的 1967–1968 年「年票證」，
持證者上車時須出示予售票員打孔作記號

由中巴發出的代用券，乘客可預先購買多
張備用，可以省卻每次乘車均要即場買票
的麻煩

流動廣告

穿梭港、九、新界的巴士，自然亦是一個最佳的廣告載體。早於 1960 年代前，部分巴士與車票便開始印上各種宣傳語句，由最初的巴士公司安全提示標語或其他訊息，如「超載屬違例　乘客請合作」。其後開始有各種品牌的廣告，如香港大丸百貨公司、保健產品、生活用品等。

當時市面所售的各式記事簿，除供人寫字、記事與通訊錄用途外，亦會加入有助日常生活便捷的資訊，如九巴與中巴的巴士路線表，清楚列明各路線巴士的起點與終站、途經車站、頭班車與尾車的時間，以及票價等資料，非常詳盡

香 港 巴 士 路 線 表

路線	起 訖 站	路線	起 訖 站
1	急庇利街—跑馬地	10A	北角—中環街市
2	急庇利街—筲箕灣	11	統一碼頭—大坑道
3	急庇利街—蒲飛路	12	統一碼頭—羅便臣道
3A	統一碼頭—摩星嶺	12A	統一碼頭—柏道
4	統一碼頭—華富邨	13	天星碼頭—旭龢道
5	大坑—堅尼地城	14	筲箕灣—赤柱
5A	跑馬地—堅尼地城	15	統一碼頭—山頂
5B	百德新街—堅尼地城	16	赤柱炮台—赤柱村
5C	灣仔碼頭—跑打道	19	北角—跑馬地
6	統一碼頭—赤柱	20	砵甸乍街—筲箕灣
6A	統一碼頭—淺水灣	20A	砵甸乍街—鰂魚涌
7	統一碼頭—香港仔	21	堅尼地城—摩星嶺
7A	華富邨—赤柱炮台	22	柴灣—哥連臣角
7B	統一碼頭—黃竹坑	23	北角—蒲飛路
8	灣仔碼頭—柴灣	23A	摩頓台—柏道
8A	北角—柴灣	23B	北角
8B	筲箕灣—柴灣	24	灣仔碼頭—銅鑼灣
9	筲箕灣—石澳	25	統一碼頭—天后廟道
10	北角—西營盤	25A	統一碼頭—百德新街

九 龍 巴 士 路 線 表

路線	起	訖站	所經街道
		九龍市區巴士	
1	尖沙咀碼頭	慈雲山	彌敦道、太子道、九龍城、聯合道
1A	尖沙咀碼頭	中秀茂坪	彌敦道、太子道、觀塘道、協和街
2	尖沙咀碼頭	蘇屋	彌敦道、荔枝角道、欽州街、長沙灣道、東京街
2A	牛頭角	尖屋邨	東京街、荔枝角道、長沙灣道、太子道、觀塘道
2B	深水埗碼頭	九龍城碼頭	長沙灣道、彌敦道、泰士街、馬頭圍道
2C	尖沙咀碼頭	又一邨	漆咸道、柯士甸道、窩理道、亞皆老街、大坑東道
2D	白田	彩虹	窩仔街、大坑東道、界限街、太子道、彩虹道
2E	石硤尾	九龍城碼頭	大埔道、鴨寮街、上海街、加士居道、馬頭圍道
2F	長沙灣	慈雲山南	長沙灣道、青山道、鹿鳴道、馬總街、蒲崗村道
3	佐敦道碼頭	竹園	彌敦道、亞皆老街、東寶庭道、聯合道、東頭村道
3A	慈雲山	慈雲山	沙田坳道、雙鳳街、宗華街、慈雲山道
3B	紅磡碼頭	慈雲山	馬頭圍道、馬頭涌道、太子道、彩虹道
3C	佐敦道碼頭	慈雲山	彌敦道、亞皆老街、鹿鳴道、慈雲山道
3D	慈雲山	觀塘裕民坊	斧山道、龍翔道、觀塘道、康寧道
4	佐敦道碼頭	長沙灣	彌敦道、長沙灣道、元州街
4A	佐敦道碼頭	大坑東	欽州街、興華街、長尾道、界限街、大坑東道
5	尖沙咀碼頭	彩虹	漆咸道、馬頭圍道、馬頭涌道、太子道
5A	尖沙咀碼頭	九龍灣德福	漆咸道、馬頭圍道、馬頭涌道、寧富街
5B	紅磡碼頭	觀塘碼頭	馬頭圍道、馬頭涌道、彩虹道、觀塘道
5C	尖沙咀碼頭	慈雲山南	漆咸道、馬頭圍道、馬頭涌道、太子道、彩虹道

香 港 巴 士

路線	來往	途經			頭車	尾車	票價
1	急卓利街 跑馬地	軒尼詩道　灣仔道　成和道　蟠龍道			6.44 7.00	12.10 11.40	二 毫
2	統一碼頭 筲箕灣	洛克道　怡和街　英皇道			6.36 6.00	12.30 11.54	二 毫
3	急卓利街 大學堂	花園道　堅道　般含道			6.36 7.00	12.30 12.05	二 毫
3A	統一碼頭 摩星嶺	三號路線　薄扶林道　摩星嶺道			7.45 8.10	9.45 10.10	四 毫
4	統一碼頭 瑪麗醫院	皇后大道中　大道西　薄扶林道			7.15 7.40	7.30 7.55	三 毫
5	大坑 堅尼地城	禮頓道　大道東　大道中　大道西 (回程) 德輔道西　德輔道中　大道東　禮頓道			6.00 6.35	12.00 12.35	二 毫
5A	跑馬地 堅尼地城	大道東　大道中　大道西 (回程) 德輔道西　德輔道中　大道東　黃泥涌道			6.42 7.13	10.57 11.28	二 毫
6	統一碼頭 赤柱	大道東　司徒拔道　淺水灣 香島道　赤柱村道			6.00 6.45	11.38 12.22	八 毫
6A	統一碼頭 淺水灣	六號路線至淺水灣止 (本線每年五月至九月行車)			11.52 12.22	7.22 7.52	五 毫
6B	統一碼頭 赤柱炮台	六號線至赤柱村沿黃蔴角道至 炮台			8.20 9.15	10.35 11.25	一 元
7	統一碼頭 香港仔	大道中　大道西　薄扶林道　香島道			6.00 5.45	12.00 12.30	五 毫
7A	香港仔 赤柱	香島道　赤柱村道 (此線每各多均增班由香港仔至淺水灣)			7.00 7.30	9.00 9.30	五 毫
8	灣仔碼頭 淺灣	怡和街　英皇道　香島道			6.30 6.00	12.30 12.00	二 毫
8A	柴灣站 柴灣信義大廈	柴灣總站至柴灣徙置大廈			6.00 6.07	12.25 12.32	一 毫
9	筲箕灣 石澳	香島道　石澳道 (此線星期日及假期增班)			6.30 7.00	7.00 7.30	六 毫
10	北角 西營盤	英皇道　體甯頓道　大道東一中一西 (回程) 德輔道中　大道東　英皇道			6.00 6.32	12.08 12.40	二 毫
11	灣仔碼頭 大坑道	怡和街　大坑道			6.45 6.58	12.00 12.13	二 毫
12	統一碼頭 西摩道	花園道　羅便臣道　西摩道　堅道 花園道			6.58	11.54	二毫半
14	筲箕灣 赤柱	筲箕灣至赤柱			7.00 7.30	7.00 7.30	六 毫

九 龍 巴 士

路線	來往	途經			頭車	尾車	票價
1	尖沙咀 九龍城	梳利士巴利道　彌敦道　太子道			6.02 5.57	1.12 12.47	二 毫
2	尖沙咀 深水埗	梳利士巴利道　彌敦道　荔枝角道			6.02 5.30	1.12 12.49	二 毫
2A	深水埗碼頭 牛頭角	海壇街　北河街　荔枝角道　欽洲街　長沙灣道 彌敦道　亞皆老街　太子道　官塘道			6.00 5.39	11.52 11.34	二 毫
2B	佐敦碼頭 官塘	荔枝角道　山東街　亞皆老街　旺角道 慈雲街　界限街　太子道　清水灣道　官塘道			6.01 6.01	12.06 12.01	二 毫
3	佐敦碼頭 官塘	佐敦道　彌敦道　亞皆老街　界限街			6.24 5.89	1.08 12.58	二 毫
3A	佐敦碼頭 何文田	佐敦道　廣東道　公衆四方街　新填地街 萬打老道　太子道　窩打老道			6.19 6.00	12.11 11.54	二 毫
4	佐敦碼頭 深水埗	佐敦道　彌敦道　楓樹街			6.22 6.01	1.02 12.40	二 毫
4A	佐敦碼頭 大坑東	佐敦道　廣東道　公衆四方街　新填地街　旺角道 界限街　大坑東 彌敦道　界限街　大坑東			6.22 6.01	12.02 11.41	二 毫
5	尖沙咀 牛池灣	梳利士巴利道　彌敦道　馬頭圍道　譚公道 蒲崗村道　彩虹　牛池灣			6.00 5.35	1.11 12.43	二 毫
5A	尖沙咀 竹園	梳利士巴利道　漆咸道　馬頭圍道　太子道 木廠街　鳳凰新村　太子道　清水灣道			7.55 7.21	7.30 8.56	二 毫
5B	尖沙咀 竹園	梳利士巴利道　漆咸道　馬頭圍道　太子道			7.08 7.02	8.47 8.27	二 毫
6	尖沙咀 荔枝角	梳利士巴利道　彌敦道　大埔道　元洲街			6.02 5.59	1.14 12.48	二 毫
6A	尖沙咀 深水埗	梳利士巴利道　彌敦道　荔枝角道 元洲街			7.04 6.40	11.40 11.18	二 毫
6B	尖沙咀 荔枝角	尖沙咀碼頭　彌敦道　青山道　欽洲街　長沙灣道 大埔道　荔枝角 彌敦道　太子道			6.30 5.40	11.50 12.00	二 毫
6C	荔枝角 鶴蔬街道	荔枝角海壇道　青山道　大埔道　彌敦道 加士居道　佐敦道			6.00 5.40	12.36 12.10	二 毫
6D	荔枝角 太子道	荔枝角海壇道　青山道　大埔道 太子道　清水灣道　官塘道			6.00 5.57	11.52 12.30	二 毫
7	尖沙咀 九龍城	梳利士巴利道　彌敦道　馬頭圍道			6.32 6.05	12.27 12.00	二 毫
8	尖沙咀 九龍城	梳利士巴利道　漆咸道　馬頭涌道　太子道			6.32 6.04	12.37 11.54	二 毫
9	尖沙咀 牛頭角	梳利士巴利道　彌敦道　太子道　清水灣道			6.37 5.57	12.12 12.49	二 毫
10	尖沙咀 佐敦碼頭	尖沙咀碼頭　彌敦道　加士居道 金巴利道　彌敦道　堅尼地道			7.18 6.59	11.47 11.31	二 毫
11	佐敦碼頭 竹園	佐敦道　加士居道　馬頭圍道　太子道 鳳凰新村　清水灣道			6.31 6.08	1.05 12.35	二 毫
11A	佐敦碼頭 龍翔道邨	佐敦道　加士居道　窩打老道 馬頭圍道　太子道			6.13 6.13	11.48 11.01	二 毫
11B	九龍城 竹園	土瓜灣道　宋皇台道　馬頭涌道　清水灣道			6.00 6.04	12.01 11.55	二 毫
11C	佐敦碼頭 竹園	佐敦道　太子道　彌敦道　窩打老道			7.15 7.07	11.37 11.47	二 毫
12	佐敦碼頭 荔枝角	佐敦道　廣東道　公衆四方街　旺角道　廣東道 慈雲街　欽洲街　元洲街　青山道　海壇道			6.21 5.53	1.01 12.35	二 毫
12A	深水埗碼頭 牛頭角	深水埗碼頭　山東街　荔枝角道　至官塘　清水灣道 清水灣道			6.20 6.04	11.45 12.00	二 毫
12B	荔枝角 慈雲山	荔枝角海壇道　欽洲街　青山道　彩虹 牛頭角道			6.00 6.24	11.42 11.42	二 毫
13	佐敦碼頭 牛池灣	佐敦道　廣東道　公衆四方街　新填地街 旺角道　廣東道　太子道　清水灣道			6.26 6.23	12.57 12.30	二 毫
14	佐敦碼頭 牛頭角	佐敦道　廣東道　公衆四方街　新填地街 旺角道　廣東道　太子道　清水灣道　官塘道			6.27 5.57	12.57 12.37	二 毫

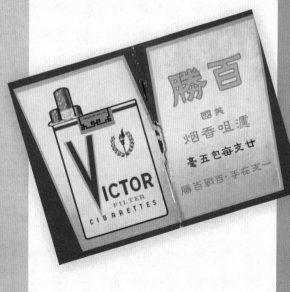

中華巴士

1935 年 4 月 1 日，政府宣布早前電車公司反對中巴車資下調無效，批准增設收費較廉宜之二等車資，以市區 1 號及 4 號線為例，頭等的新收費為一毫、二等為五仙

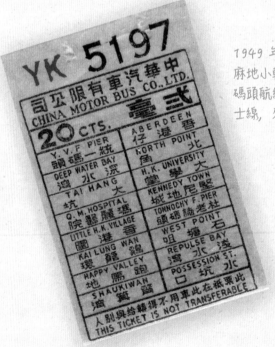

1949 年 11 月 12 日為了配合油麻地小輪公司來往灣仔至佐敦道碼頭航線投入服務，加設 8 號巴士線，來往杜老誌碼頭至筲箕灣

六十年代，每逢 4 月 21 日英女皇
壽辰日，跑馬場便會舉行閱兵典
禮。這段期間，中巴會加開「統一
碼頭至跑馬地」的特別路線

1958 年 2 月 15 日港島區巴士
線開始正式實施全段收費

1968 年底，黃竹坑新邨分階
段落成。為服務該區市民，
中巴新增 7B 路線，來往統一
碼頭至黃竹坑新邨

1940 年代的一毫車票，由堅尼地城至大坑，途經多個地方，包括遠至南區的香港仔、薄扶林的牛奶公司、深水灣等

ZX 0046

CHINA MOTOR BUS CO. LTD.
中華汽車有限公司

FIRST CLASS FARE		**10** CTS	壹毫	頭等車票	
西	KENNEY T.	堅尼地城		揚麗	聖邊
聖尼	瀝麗	SAI YING POON	西營盤	大學堂	聖金陵
金陵	MARY HOSPITAL	瑪麗醫院			東邊
東邊	大學	UNIVERSITY	大學堂	撚道	中央
中央	撚道	KAI LUNG WAN	雞籠灣	七館	統一
統一	F.V.Y. PIER	統一碼頭		華行	大佛
華行	七館	POSSESSION ST.	水坑口	二館	西摩
大佛	西摩	LING NAM S.	嶺南學校		一寶
二館	高院	ABERDEEN	香港仔	湾市	灣市
灣市	同館	FELIX VILLAS	摩星嶺		同館
同館	亞軍	Nº 7. P. STATION	七號差館	新行	男地
馬地	東軍	LITTLE H.K.V.	香港圍		利台
利台	鏡軍	DAIRY FARM	牛奶公司		太古
太古	統一	DEEP WATER B.	深水灣		一坑
一坑	東	CAROLINE HILL	加路連山		
		REPULSE BAY	淺水灣		
		TAI KOO DOCK	太古船塢		
		HAPPY VALLEY	跑馬地		
		TAI HANG	大坑		

AVAILABLE ON THROUGH BUSES ONLY
THIS TICKET IS NOT TRANSFERABLA
此乘客在車用併不得輾給別人

J X 6174

CHINA MOTOR BUS CO. LTD.
中華汽車有限公司

FARE 25 CTS 車費弍毫半

2nd CLASS	HALF FARE	赤柱	HALF FARE	2nd CLASS
東	水		淺	水
淺	赤	**STANLEY**	赤	柱
水	黃		黃	四
赤	嶺	皇家碼頭	嶺	南
黃	南		南	一
嶺	一	**BLAKE PIER**	統	西
統				

AVAILABLE ON THROUGH BUSES ONLY
THIS TICKET IS NOT TRANSFERABLE
人客得輾不併用車此在紙票此

兩毫半的二等車票。1933 年 6 月之前，香港上海酒店有營運巴士專線，往返皇家碼頭至淺水灣。中巴將此路線編納為 6 號，並於 1937 改為來往皇家碼頭至赤柱，票價為頭等三毫半、二等兩毫半

兩毫半的頭等車票。1933 年 6 月
之前，此路線由香港仔街坊福利
會營運，來往鹹魚欄至香港仔，
後中巴履行港區巴士專營權，將
該巴士路線編納為 7 號，來回西
營盤至香港仔。票價為頭等兩毫
半，二等只需十五仙

1945 年日軍宣佈投降後，香港
臨時軍政委員會頒令中巴重開巴
士路線。同年 9 月 22 日中巴恢
復 1 號巴士線，由統一碼頭至大
坑，途經跑馬地，票價為成人兩
毫，小童半價只收一毫

1947 年 10 月 7 日新增 15 及 16 巴士路線，前者
由佐敦道碼頭至文錦渡、後者則由佐頓道碼頭到元
朗，均設有頭等與二等。雖然路程甚遠，但只為五
仙，票價甚為廉宜

交通與博彩

1950 年九龍市區以 1 號與 3 號路線為主要幹
線，票上的 18 個站名及地名涵蓋整個市區 13 條
巴士路線，並作分段收費。五十年代後期九巴進
行有規模的路線擴展，市區路線加設支線。為免
車資票價複雜化，取消地點及分段收費

1954 年 10 月增設
2A 路線，來往深水
埗碼頭至牛頭角

香港巴士 小型張首日封 二零一三年九月二十四日
HONG KONG BUSES STAMP SHEETLET FIRST DAY COVER 24 SEPTEMBER 2013

2013 年 9 月 24 日，即九龍巴士公司服務 80 周年，發行了紀念首日封。民間收藏家自發製作極富價值的紀念版名信片，上面不但有特別版香港巴士郵戳，亦有一張具收藏價值的真車票貼在信封上面

生活與娛樂

The Hongkong Electric Co.,Ltd.

CONSUMER CENTRE. REALTY BUILDING. FIRST FLOOR. TEL H-230111

香港電燈有限公司

	ACCOUNT NO. 客戶編號
20200	0841234005
CHANG YUKE KWONG	DEPOSITS 按金
252 JAFFE RD 3/F	G18106-95

DESCRIPTION 賬項起源	DATE 日期	AMOUNT 金額
PREVIOUS BALANCE ON	29 JAN 70	22.03
LAST BILL	30 JAN 70	21.60
PAYMENT ON	31 JAN 70	22.03CR
PAYMENT INCLUDED UP TO	26 FEB 70	$21.60
THIS MONTHS METER READING DATE	26 FEB 70	LAST MONTHS BALANCE 上月欠數

METER NO.	METER READING ENDING	BEGINNING	QUANTITY	SERVICE	THIS MONTHS BILL
5364	002160	001998	162	1	26.09

Welcome Aboard!

This is your

PASSENGER TICKET

and **BAGGAGE CHECK**

EACH PASSENGER SHOULD CAREFULLY EXAMINE THIS TICKET,
PARTICULARLY THE CONDITIONS ON THE INSIDE FRONT COVER

issued by **TWA** **TRANS WORLD AIRLINES, Inc.,**

10 RICHARDS ROAD, KANSAS CITY 5, MO., U.S.A.

Member of International Air Transport Association—Member Air Transport Association of America

0152 C   707142

IMPORTANT—Failure to reconfirm will result in cancellation of all reservations.

FLIGHTS IN THE USA—Passengers must reconfirm their reservations at origin city, at least 6 hours before scheduled departure time, if telephone contact cannot be furnished. Passengers must also reconfirm their reservation at stopover cities when stopover time exceeds 12 hours.

INTERNATIONAL FLIGHTS—Passengers must reconfirm their reservation at each stopover city at least 72 hours before scheduled departure time from the stopover city. Failure to use or cancel confirmed reservations will subject passenger to a service charge as provided in applicable Tariff Regulations.

EMPRESS THEAT

旺角彌敦道 聲戲院

JAWS

5.15 P.M.

後 座

BACK STALLS

$5.00 ($4.60 Tax 40¢)

連稅五元正

每票限一人 Admit One Only

C   No.

—— 吳邦謀

電影戲票 之「公仔飛」

香港海報大師阮大勇
先生早期替許氏兄弟
所畫《賣身契》、《天
才與白痴》電影

東方 戲院
ORIENTAL THEATRE
5.30 P.M.
FRONT STALLS
No. 0028
前座
$4.00（連稅）
C

睇一次笑唔晒嘅許氏大喜劇！
賣身契

皇后 戲院
QUEEN'S THEATRE
No. 1092
2.30 P.M.
後座
BACK STALLS
$5.00（連稅）
憑票祇限一人 Admit One Only
天才與白痴
the last message

No. 1092
皇后戲院   天才與白痴
請順客下列題目：
「天才與白痴」的海底尋寶鏡頭
是在：
□ 雲絲頓香煙新鮮由
速到：
參加次數愈多，中獎機會愈大。
姓名：
電話：
地址：

身份證號碼：
本人證明年齡已超過廿一歲。
簽名：

生活與娛樂

電影戲票俗稱「戲飛」，即看電影之入場券，以作電影院入場及入座的憑証。戲票主要分為普通戲票（俗稱「普通飛」）和戲名戲票（俗稱「公仔飛」）兩種。對一個戲票迷來說，公仔飛比普通飛的收藏及欣賞價值為高。

電影戲票

公仔飛與普通飛不同，它除了印有電影院的名字、播映日期、時間、座位等基本資料外，會連那套將會觀看電影的名字、宣傳圖像、海報，甚至劇中人物及主角的面容也印在票上，例如香港海報大師阮大勇先生早期替許氏兄弟所畫的《鬼馬雙星》、《天才與白痴》、《賣身契》等電影海報，亦成為公仔飛的主要圖案；還有李小龍的賣座電影《猛龍過江》、招牌張大口衝上海面的駭人鏡頭畫面的《大白鯊》、美人兒柯德莉·夏萍的《窈窕淑女》（My Fair Lady）、ET Phone Home 的《ET 外星人》及美國意大利裔紅星史泰龍的《虎威》（Rocky）等等。

電影商若要為該套電影印製公仔飛，該套戲必是大卡士、大製作；又或是奧斯卡獲獎影片，即預期入場人數踴躍、票房數字理想，否則只會用傳統的普通戲票。由於戲院售賣公仔飛的期限為該片的播映日期，而且不能用於其他電影，所以印刷數量不多，只足夠應付預期人數便可。間接造成發行量不多的公仔飛，在收藏市場上有價有市，深受收藏家及戲票迷歡迎。

曾出現在公仔飛的電影包括有《齊瓦哥醫生》、《仙樂飄飄處處聞》、《猛龍過江》、《埃及妖后》、《教父》、《第一滴血》、《虎威》、《國際機場 1980 》、《大白鯊》、《大白鯊續集》、《賣身契》、《富貴貓》、《魂斷藍橋》、《老千計狀元才》、《妙女郎》、《大地震》、《鐵金剛勇破火箭嶺》、《大冒險家》、《獵人者》、《星球大戰》、《回到未來》、《地動天驚》、《新苦海孤雛》、《雪姑七友》等等。

除了公仔飛的設計是那麼獨特及吸引外，它選用的紙質、大小及顏色與普通戲票有很大的分別。公仔飛普遍所選用的紙質較好及較厚，長度及闊度也較長及較寬；顏色除傳統的黑色外，還採用較吸引的紅、橙、藍及綠色等等，而且根據不同上演的戲院、時間及座位所印刷的顏色也不同。

公仔飛的正、背面很多時都印有廣告，彷彿成為一張流動宣傳單張。以上種種獨特的設計，電影商不外乎是想吸引多些戲迷購票入場看戲。很可惜，當大部分戲迷看過戲後，便隨手丟棄這些戲票，幸好當年還有一批戲票迷好好保留它們，不然今天我們看不到這些猶如藝術品的戲票。

·《窈窕淑女》·

　　榮獲奧斯卡最佳影片的《窈窕淑女》（My Fair Lady），由萬人迷的柯德莉·夏萍（Audrey Hepburn）飾演劇中女主角，一名賣花少女，雷克斯·哈里森（Rex Harrison）飾演男主角。該片改編自蕭伯納的著名戲劇《賣花女》（Pygmalion），故事講述本為低下階層的賣花女，如何被語言學教授改造成優雅、高貴及富有智慧的淑女故事。由於戲中故事吸引、角色迷人、歌曲動聽且衣着華麗，1964 年聖誕節在美國首映便大受歡迎，場場爆滿！最後該片榮獲第 37 屆奧斯卡共八項大獎，包括「最佳影片」。

　　香港片商知悉這旺場消息後，便聯同皇牌戲院安排於翌年復活節前後放映，並印製公仔飛以吸引更多戲迷購票入場。可惜人算不如天算，1965 年初發生眾銀行擠提、破產或甚至停業事件，包括明德銀號、廣東信託、恒生、廣安、永隆、道亨、遠東等，民眾特別是中產階級人士哪有心情上戲院看戲，收視自然受到影響。結果這套雖是奧斯卡得獎皇牌影片，但在香港的入場人數只能用以普通收場，與當初預期的可觀數字相距甚遠！

榮獲奧斯卡最佳影片的《窈窕淑女》

《窈窕淑女》的公仔飛設計獨特，除印有「My Fair Lady」的電影名字及男女主角的面貌外，戲票的左右兩邊還分別印有名錶奧米加（OMEGA）及英國海外航空公司 BOAC 的廣告，再配以大小不同的半圓型圖案作花邊。該票的背面印有天龍牌（DENON）音響組合廣告，並畫有該品牌的黑膠唱盤、擴音機及揚聲器的圖案。

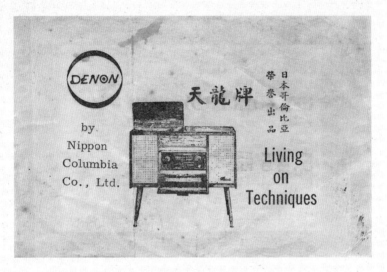

·《仙樂飄飄處處聞》·

《仙樂飄飄處處聞》（The Sound of Music）是一部電影史上最經典的音樂影片之一，改編自瑪利亞·馮·崔普（Maria von Trapp）的著作《崔普家庭演唱團》（The Story of the Trapp Family Singers），最初以音樂劇的形式於百老匯上演。該片由著名導演羅伯特·懷斯（Robert Wise）執導，朱麗·安德斯（Julie Andrews）、克里斯多夫·普盧默（Christopher Plummer）和七位小演員主演，於 1965 年 3 月 2 日在歐美地區首映。

榮獲第 38 屆奧斯卡金像獎多個獎項的《仙樂飄飄處處聞》

《仙樂飄飄處處聞》擁有吸引的情節、悅耳的歌曲、活潑的孩子、可愛的修女、溫馨的人情、美麗的風景、有趣的笑料等等，再加上女主角朱麗‧安德斯的表演細膩感人，歌喉美妙動聽，怪不得成為電影歷史上傳頌最廣的家庭音樂電影，更打破電影史上最高賣座紀錄的歌舞片，於 1966 年榮獲第 38 屆奧斯卡金像獎最佳影片、最佳導演、最佳配樂、最佳剪輯、最佳錄音五項大獎。

上圖為中環皇后戲院於 1966 年 4 月 17 日下午 2 時 30 分播映的《仙樂飄飄處處聞》電影戲票，印有超等及四元七毫（連稅）等基本資料，並以淺綠色字體印有電影名稱「The Sound of Music」，戲票內框的四邊印有五線樂譜，非常配合該音樂影片。由於該電影在香港播出後，第 38 屆奧斯卡金像獎才在美國加州舉行，所以該公仔飛沒印有任何獲獎字眼及圖片。

《仙樂飄飄處處聞》故事發生在 1938 年的奧地利薩爾茲堡，年輕活潑的修女瑪麗亞受聘到退役海軍上校范崔普家，照顧他的七個孩子。瑪莉亞通過她的愛心、音樂及歌聲，贏得了這群反叛的孩子的信任及尊重，就連古板的海軍上校亦為之感動，甚

至為她傾心。這時，德國納粹吞併了奧地利，上校拒絕為納粹
服役，並且在一次民歌大賽中伺機帶領全家越過阿爾卑斯山，
逃脫納粹的魔掌。片中的十多首歌曲包括 *Do-Re-Mi*、*Sixteen
Going On Seventeen*、*Edelweiss*、*The Sound Of Music* 及 *I have
Confidence* 等娓娓動聽，家喻戶曉。

· 《齊瓦哥醫生》·

　　《齊瓦哥醫生》（*Doctor Zhivago*）於 1966 年 6 月開始在香
港主要電影院線盛大播映，這是一套偉大愛情的電影，吸引了
眾多年青男女入場觀看。《齊瓦哥醫生》是美國米高梅電影公司
（MGM）製作的愛情片，由大衛·利恩（David Lean）執導，奧
馬爾·沙里夫（Omar Sharif）、朱莉·克里斯蒂（Julie Christie）
主演。該片改編自俄羅斯詩人鮑里斯·巴斯特納克（Boris
Pasternak）的長篇小說，於 1965 年 12 月 22 日在美國首次上
映，講述了第一次世界大戰期間，遠赴戰場擔任軍醫的齊瓦哥認

《齊瓦哥醫生》1965 年 12 月 22 日在美國首次上映

識了裁縫漂亮的女兒拉娜，兩人墜入愛河卻被戰爭分離的故事。

該片被提名為當年度的「最佳影片獎」，但最終輸給了《仙樂飄飄處處聞》（Sound of Music），反而由在戲中扮演齊瓦哥妻子冬尼婭的差利·卓別林的女兒傑拉爾丁獲得「最佳女配角獎」。1966年7月1日在利舞臺上演的《齊瓦哥醫生》，其公仔飛除印有該電影海報的經典圖樣外，還印有「Doctor Zhivago」電影名稱、該片導演大衛·利恩「David Lean」及榮獲六項奧斯卡大獎的字句。由於該票設計吸引、存量不多，在收藏市場上價值甚高。

· 《鐵金剛勇破火箭嶺》 ·

前身為璇宮戲院的北角英皇道皇都戲院（State），建成於1952年，院主為陸海通有限公司，是本港現存歷史最悠久的戰後戲院建築物之一。皇都戲院曾是世界各地著名音樂人演出的地方，是戲院也是劇院，鄧麗君和費明儀都是在這裏作首次演出。

皇都戲院頂部「飛拱」支架設計獨特，配合戲院無柱的空間，其結構理念大膽，超越時代。戲院外牆弧形立面上設有「蟬迷董卓」的浮雕，美學價值非常高。戲院內的布幕，不像傳統戲院的垂直開闔，而是特別設計以四十五度向外上升，顯得份外氣派。近年皇都戲院曾因法定古蹟評級意見不一，引起民間議論紛紛，最後正式被古物諮詢委員會評為「一級歷史建築」，評級事件才暫時落下帷幕。

上圖為由第一代扮演占士邦 007 的辛康納利及日本紅星丹波哲郎等人主演的動作電影《鐵金剛勇破火箭嶺》（*You Only Live Twice*）的戲票，看戲日期為 1968 年 1 月 1 日，即元旦日，播映戲院為皇都戲院。這張超等票價連稅為港幣三元五角，放映時間是下午 5 時 20 分。

該片根據作者伊安・弗萊明（Ian Fleming）於 1964 年 3 月在世完成的最後一部 007 小說《你只能活兩次》（*You Only Live Twice*）改編，電影則於 1967 年 6 月 12 日在英國首天上映，香港在 1967 年 12 月 14 日開始在主要戲院公映。

· 《雪姑七友》·

以家喻戶曉及人見人愛的卡通人物：白雪公主及七個小矮人作主角的第一代《雪姑七友》動畫影片，是和路迪士尼公司於 1937 年的出品。它是史上第一部長篇動畫，也是第一部榮獲奧斯卡獎的動畫電影。《雪姑七友》為迪士尼公司帶來了不少的榮譽和光榮，也給多個時代的人帶來無限美好的回憶。

生活與娛樂

　　白雪公主所穿着的經典藍色上衣、淺黃色長裙及頭戴紅色蝴蝶結，成為每個女孩夢寐以求的公主服飾及模樣。七個惹人喜愛的小矮人：「博士」、「生氣」、「開心」、「渴睡」、「害羞」、「乞嚏」及「糊塗」的形象獨具匠心，其產品亦成為每個男孩的收藏目標。

　　圖為 1971 年 7 月 20 日在利舞臺播映的第二代《雪姑七友》戲票，票面印有白雪公主及七個小矮人、前座票價連稅為港幣一元七角，放映時間是晚上 9 時 40 分等資料。背面則印有瑞士糖抽獎辦法及廣告，由小矮人之一的「糊塗」做「代言」。

·《教父》·

由馬龍·白蘭度（Marlon Brando）、阿爾·帕仙奴（Al Pacino）等主演的黑幫電影《教父》（*The Godfather*），於 1972 年 3 月 24 日在美國上映，香港則在 1973 年 10 月 11 日播映。該片改編自馬里奧·普佐（Mario Puzo）於 1969 年出版的同名小說，講述了以科萊昂為首的黑幫家族的發展過程，以及其小兒子如何接任父親成為黑幫首領的故事。

《教父》電影於 1973 年獲得第 45 屆奧斯卡金像獎三項殊榮，包括：最佳電影、最佳男主角及最佳改編劇本獎；2007 年被美國電影協會選為「百年百佳影片第二位」。該片不但在藝術、票房和評論上都取得了空前成功，美國權威電影組織美國電影學院將其評為「美國最偉大的黑幫經典電影」。

下圖為 1973 年 10 月 12 日在華盛頓播映的《教父》戲票，票面左上角印有由美籍日裔設計師藤田貞光（Sadamitsu Neil Fujita）設計的「The Godfather」標誌，表示黑社會頭子也像木偶戲中的木偶被人操縱，成為最經典的電影標誌。右方則印有奧斯卡獎座，以表示該電影榮獲第 45 屆奧斯卡金像獎。

· 《大白鯊》 ·

戲票採用大白鯊海報設計的經典圖
樣，有一大白鯊正張開血盆大口，
非常駭人及驚險

《大白鯊》（Jaws）於 1976 年 4 月初在香港上映，由著名導演史提芬·史匹堡（Steven Spielberg）拍攝，根據彼得·本奇利（Peter Benchley）的同名小說改編，主要演員有羅伊·謝德（Roy Richard Scheider）、羅蓮·格蕾（Lorraine Gary）等。影片講述在一個名叫艾米蒂島的暑期度假小鎮，沿海地區出現一頭巨大的食人大白鯊，多名游客不幸命喪其口。當地警長在一名海洋生物學家和一位職業鯊魚捕手的協助下，決心獵殺這條鯊魚。

看過電影《大白鯊》的朋友，一定不會忘記電影中的配樂，該首以兩個音符 Mi 和 Fa（E-F, E-F, E-F………）交替的樂曲，代表着懸疑、神秘及危險逼近，好像一條巨鯊正向着你衝過來！這首成為經典中之經典的音樂，亦令這首配樂的創作人約翰·威廉斯（John Towner Williams）獲得 1975 年奧斯卡最佳配樂獎。

這張公仔飛採用大白鯊海報設計的經典圖樣，一名在海面正游泳的女士，在她下方有一大白鯊正張開血盆大口向着她咬過去，非常駭人及驚險！這張凱聲戲院大白鯊公仔飛連副票，除印有「大白鯊 JAWS」的粗體大字外，其他資料像「後座」、「5:15P.M.」、「連稅五元正」、「No.12471」的票據號碼等也包括在內，而且印刷精美，份外吸引。

· 《國際機場 1979》 ·

《國際機場 1979》（*Airport '79 The Concorde*）是一部由美國環球影業公司製作的電影，是繼前三部災難系列影片《*Airport*》、《*Airport 1975*》及《*Airport '77*》後的最後一部，亦是四部中最多人喜愛的一部電影。片中主角及其他演員對港人來說一定不會陌生的，包括法國紅星阿倫狄龍（Alain Delon），他飾演電影中的和諧式客機機長；還有曾於 60 年代一套香港外語配音電視片集《神偷諜影》（*It Takes a Thief*）中，飾演劇中文狄的美國出色演員羅拔偉納（Robert Wagner）。還可看到電影中首次出現的和諧式超音速飛機出現在該片中，喜歡 Concorde 的朋友，一定不要錯過這套電影。

這部電影 1979 年 8 月在美國紐約正式上演，由於當時世界各地播放時間差異，當該片在香港上演時，已是 1980 年，電影商不欲戲名過時，便將電影名字中的年份由「1979」改為「1980」。所以同是一部電影，在世界各地曾出現兩個不同名稱的版本。《國際機場 1980》（*Airport '80 The Concorde*）公仔飛圖案設計吸引，背景印有超音速和諧式客機圖案，在同一戲院不同時段發售不同顏色戲票，吸引不少戲迷購票觀看。

生活與娛樂

《國際機場 1979》，在
同一戲院不同時段發售
不同顏色戲票

·《E.T. 外星人》·

由著名導演史提芬·史匹堡製作的《E.T. 外星人》，於 1982 年 6 月 11 日在美國首映，講述一位十歲男孩與一個外星造訪者，劃破時空隔閡建立了純真的友誼的故事。

E.T. 是「Extra-Terrestrial」的縮寫，譯為「地球以外生物」，解作外星人。在《E.T. 外星人》這個簡單的名字被確定之前，它曾經有許多備用的名稱：如《外星球來客》、《一個男孩的生活》、《成長》、《放學後》、《着陸》、《從前有顆星》、《E.T. 與我》等等。

E.T. 獨特的外型由曾為《第三類接觸》(*Close Encounters of the Third Kind*)設計外星人的卡洛・蘭鮑迪操刀,其獨特的脖頸源於蘭鮑迪的畫作《Women of Delta》,其面部的設計則借鑒了愛因斯坦、海明威和卡爾桑德伯格的面孔。《E.T. 外星人》影片自播放映後,一直佔據着電影票房收入總冠軍的寶座,直到 1993 年 6 月 11 日,也就是 11 年後《侏羅紀公園》上映,才把這紀錄打破。

上圖為《E.T. 外星人》鮮黃色戲票,看戲日期為 1983 年 2 月 14 日即情人節,播映戲院為旺角彌敦道凱聲戲院。前座票價連稅為港幣十元,放映時間是晚上 9 時 30 分。戲票正面印有 E.T. 外星人與地球人觸指的經典場面,背面則印有飲百事汽水換領閃光 E.T. 公仔廣告。

・《回到未來》・

曾於 1985 年 12 月於旺角豉油街金聲戲院,看過美國科幻電影《回到未來》(*Back to the Future*)第一集後,除了對戲中可任意選擇日期而回到未來或過去的時光車感到非常神奇外,亦對由 Christopher Lloyd 及 Michael J. Fox 分別飾演滿頭白髮像愛因斯坦的 Dr.Brown 及酷愛搖滾樂的男主角 Marty 特別有印象。看過戲後,即時將這淺藍色戲票小心保管及好好收藏。

《回到未來》影片結合了八十年代所能運用的特技,集合了科幻、驚險、動作、浪漫及幽默等等元素,從突出的人物穿插過去及未來而引發的一齣喜劇故事。對戲中男主角所穿的自動綁鞋帶波鞋份外有興趣,若自己能擁有一對同樣的波鞋那多麼好!根據資料得知,那對曾在《回到未來》出現的始祖 Nike Air Mag

神奇波鞋，在洛杉磯一間拍賣行成功以 37,500 美元賣出，約為
290,000 港元。

設有鷗翼式車門的時光車自從在《回到未來》亮相後，美國
迪羅里安 DeLorean DMC-12 在全球車壇中聲名大噪，在三十多
年後的今天仍受到不少狂熱粉絲的熱愛及追求。1995 年，在德州
重新成立的 DeLorean Motor Company，在 2017 年重新打造複刻
版本的 DMC-12，以滿足眾多車迷對這型號的喜愛。

· 《猛龍過江》·

李小龍（Bruce Lee，1940-1973），原名李振藩，為香港
粵劇丑生李海泉之子，亦是詠春拳宗師葉問的門生、截拳道創始
人。李小龍繼《唐山大兄》及《精武門》後，於 1972 年首次自
編自導自演的《猛龍過江》（*Way of the Dragon*）武打電影。這
是他在香港參與的第三部電影，創造了當年香港電影票房記錄。

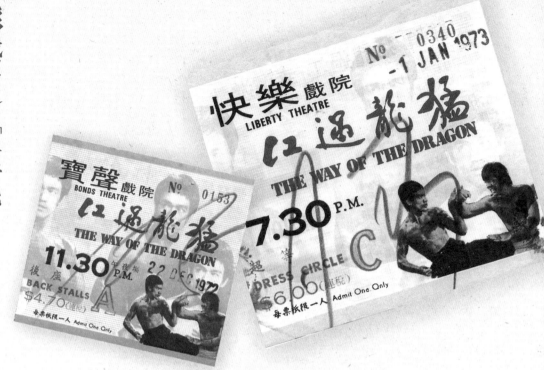

電影發行商除在大眾媒體宣傳該片外，還在香港大型戲院發行公仔飛，以吸引「小龍迷」購票入場觀看。有些瘋狂影迷，為儲齊不同場數及不同顏色的公仔飛，不惜一天由早場看至晚場，務求取得全組戲票為止。

關於該片首映日期，坊間都以 1972 年 12 月 30 日為電影播放首天。但從手上的一張在寶聲戲院播映的日期為 1972 年 12 月 22 日來看，比正式播映日期還早了八天，相信是為在聖誕佳節能吸納更多客源。李小龍為籌備拍攝該片，1971 年與嘉禾電影創辦人鄒文懷共同創立一間名為協和電影公司（Concord Production Inc.）。

看過《猛龍過江》的朋友，對戲中在羅馬鬥獸場與當時空手道世界冠軍羅禮士交手的經典打鬥場面，一定不會忘記。起初羅禮士對戲中角色給李小龍打敗，心有不甘。最後，他經過與李小龍在現實中直接交手及較量，雖然打輸了亦心服口服。

·《天才與白痴》·

許氏三兄弟於上世紀七十至八十年代為香港喜劇代表人物，自無綫電視翡翠台《雙星報喜》首播後，以至後來的喜劇電影，都帶給了不少香港人歡樂及難忘回憶。下圖為 1975 年 8 月 29 日於中環皇后戲院上演的《天才與白痴》喜劇公仔飛連票尾，可看到香港海報師阮大勇為該戲所畫的漫畫和獨特設計的中英文電影名稱的字體。

由許冠文自編、自導及自演的《天才與白痴》，編劇還有劉天賜及薛志雄，作曲及配樂有音樂大師顧嘉煇及許冠傑，演員包括許冠文、許冠傑、許冠英、喬宏、艾綺蓮及石天等等，可謂陣容龐大。許冠傑為該電影作下了多首名歌，包括《天才與白痴》、《天才白痴往日情》、《天才白痴夢》、《天才白痴錢錢錢》等等，至今都膾炙人口。

《天才與白痴》講述了精神病院內光怪陸離的故事，戲中嘲諷痴者與醫者，其實只是相隔一線，從而對香港社會及人性進行誇張的諷刺及尖銳的批判，並以諧趣表達方式反映了世事時局和人生百態。許冠傑飾演精神病院的男護士，許冠文則飾醫院雜役，他們經常乘着日常工作之便，竊取死人值錢的東西。該片在 1975 年 8 月 21 日於香港首映。

·《賣身契》·

東方戲院（Oriental Theatre）建於 1930 年代中，位於香港灣仔勳寧道，院主為高福泉。該院共有一千一百多個座位，早期專門放映歐美及其他外國西片；後期因市場需要亦兼放映二輪影片及港產電影。

下圖為東方戲院 1978 年 8 月 5 日下午 5 時 30 分前座的《賣身契》戲票，票價四元連稅。該公仔票印上由香港海報師阮大勇為《賣身契》所畫的電影海報，非常吸引。票上右角處，以紅色字體印上「睇一次笑唔晒既許氏大喜劇！」，左下方還註明憑票尾可在繽繽（Bang Bang）服裝公司當十元使用。

由許冠文、許冠英及許冠傑三兄弟領銜主演的喜劇《賣身契》，於 1978 年 8 月 3 日在香港主要戲院首日播映，獲得該年度香港票房的冠軍。該片由嘉禾電影公司製作、許冠文自編自導，許冠傑則替電影作曲及主唱，其中《賣身契》、《杯酒當歌》、《飲勝》等歌曲最受歡迎，成為當時粵語流行歌曲。

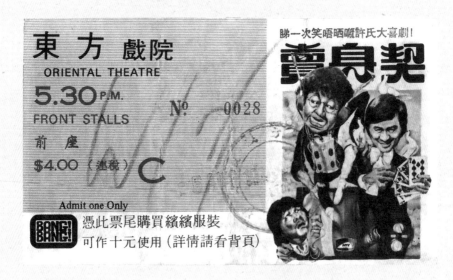

·《雛鳳鳴劇團——首次公演》·

1960 年代初，由任劍輝及白雪仙帶領的「仙鳳鳴粵劇團」，為了演出《白蛇傳》大型粵劇，招收了二十多名女孩充當群演演員，並為他們安排了接近八個月的連續訓練才正式演出。這班小女孩取了任白師傅名字中的一個字來作自己的藝名，扮演男角的取「劍」字，扮演女角的則取了「雪」字，其後更獲機會演出仙鳳鳴首本名劇《帝女花》、《紫釵記》等等。

1963 年，任白組成的「雛鳳鳴粵劇團」正式成立，主要成員便是曾在《白蛇傳》有份演出的女孩，包括龍劍笙、梅雪詩、朱劍丹、謝雪心、江雪鷺、言雪芬等等。圖為雛鳳鳴劇團於 1965 年 9 月 5 日下午二時首次於普慶戲院演出日場的戲票。當時選演了三齣折子戲：《碧血丹心》、《紅樓夢之幻覺離恨天》和《辭郎洲之賜袍送別》。其中，《紅樓夢之幻覺離恨天》是阿刨（龍劍笙的花名）和阿嗲（梅雪詩的花名）初踏舞台的第一套情侶戲，富有紀念價值。至於《辭郎洲之賜袍送別》，由於這劇目充滿民族意識，從〈賜袍〉、〈送別〉、〈馳救〉、〈海戰〉、〈殺奸〉及〈殉國〉各場的演出，可盡情發揮唱、造、唸、打的粵劇功架，因此選為雛鳳鳴劇團於普慶戲院的首演劇目。

·《再世紅梅記》·

《再世紅梅記》為一代劇作家唐滌生（1917-1959）的遺作。唐滌生辭藻秀麗，人物刻劃傳神，以情感動人、以戲感化人，力求劇本曲調旋律優美及曲詞流暢典雅。他的作品膾炙人口，其中包括《帝女花》、《紫釵記》、《再世紅梅記》、《牡丹亭驚夢》、《蝶

由吳宇森執導、龍劍笙及梅雪詩分別飾演周世顯及長平公主的電影《帝女花》，於1976年在香港主要影線戲院播映。由任白親自到片場向龍梅提點及教誨而拍成的《帝女花》，首天播映後便深受廣大戲迷及觀眾讚賞，電影一出場場爆滿，成為一時佳話。

根據阿刨的憶述：「在演出《帝女花》數個月前，任白兩位恩師着緊到不得了！除了緊張我們在台上演出，連我們的健康情況也非常關心。為了讓我們有足夠體力完成整個演出，任姐仙姐給我們吃維他命丸，還有專人為我們注射營養劑。」

雛鳳雖然已有拍戲經驗，這次「帝女花」開拍時任姐與仙姐對龍劍笙仍諄諄教誨。

任白與雛鳳幾位愛徒合影，左起：朱劍丹、言雪芬、梅雪詩、任劍輝、白雪仙、龍劍笙、江雪鷺却因事沒有參加。

「帝女花」隆重開鏡之日，任白與波叔及導演等拍照留念。左起：導演吳宇森、江雪鷺、梅雪詩、梁醒波、任劍輝、白雪仙、與龍劍笙。

任白授徒不遺餘力

利舞台

七天滿座　欲罷不能　加演三天　明起定票

雛鳳鳴劇團

顧問：黃炎　　經理：黃肇生

龍劍笙　梅雪詩　朱秀英　靚次伯　言雪芬　任冰兒　朱劍丹

今天加演日戲（台柱主演）
演武帝夢會衛夫人
夜演戲王之王：
再世紅梅記
唐滌牛名著·葉紹德參訂

正月十六七兩晚演
百花亭贈劍

正月十帝女花九晚演

正月十紫釵記八晚演

影紅梨記》、《九天玄女》等更是傳頌數十年不衰，成為粵劇的經典瑰寶。可惜天妒英才，唐滌生於 1959 年 9 月 15 日觀賞任白《再世紅梅記》首演時，在〈脫阱救裴〉一段中，因突發腦溢血，搶救無效而不幸逝世，當時只得 42 歲。

唐滌生短暫的一生，在粵劇發展史上寫下了最光輝燦爛的一頁。下圖為雛鳳鳴劇團於 1990 年 3 月 20 日晚上 7 時 30 分於北角新光戲院演出的《再世紅梅記》戲票，當時大堂前票價為港幣 200 元。戲票以紅色大小不同字體作設計，左右方畫有一對紅色鳳凰。

以下是節錄唐滌生為《再世紅梅記》之〈脫阱救裴〉所作的一段富有意境的曲詞：

畫欄風擺竹橫斜，如此人間清月夜，
愁對蕭蕭庭院，疊疊層台。
黃昏月已上蟾宮，夜來難續橋頭夢，
飄泊一身，怎分派兩重癡愛。
不如彩筆寫新篇，也勝無聊懷舊燕，
誰負此相如面目、宋玉身材。

手寫飛機票

1970 年代汎美航空公司（Pan Am）的機票廣告

096

生活與娛樂

　　飛機票（Flight Ticket）簡稱機票，是人們乘搭飛機的一種憑證。機票行實名制，即訂購機票的人需要向航空公司或其代理商提供乘機人的真實姓名、護照號碼或身份證號碼、簽證和其他所需資料，舊日還需提供防疫針注射記錄（俗稱「黃針咭」）。航空公司機票票價一般分為頭等艙、商務艙及經濟艙三類。每個艙位的大小、座位的長寬度及提供的艙務設施也不一樣的。

現今是講求快捷、便利及電子化的年代。假如你持有智能身份證，便可通過自助出入境檢查系統，以自助方式在「e‐道」出入境，非常方便及節省不少時間。這都是拜託現今高尖科技，將繁複及花費人手處理的事情變得簡單及電子化。電子機票亦是在這高科技年代應運而生，取代傳統實體機票，帶來現代人類方便、環保及安妥。

實體機票

機票不管是舊日紙張方式或是現今的電子模式，兩者除要遵守國際航空運輸協會（International Air Transport Association，IATA）的規定，包括航空公司名字及艙位代碼標準，還要符合於 1929 年 9 月 12 日在波蘭華沙簽訂的《華沙公約》（Warsaw Convention）所列出的規則，其中包括航空運輸的業務範圍限制、運輸票證、承運人的責任、行李遺失及損害賠償等等。

對於實體機票的長度、闊度、顏色、頁張及印製標準等等，都要符合國際航空運輸協會的要求。然而紙機票涉及多張正副本和過底紙，實際用紙量遠超過一張 A4 紙，並不環保。

代碼

根據國際航空運輸協會的規定，航空公司的代碼以兩個字元作代表。早期全以兩個英文字母代之，但後來因航空公司數量劇增，兩個英文字母組合的數量不敷應用，唯有以一個阿拉伯數字（在前）加上一個英文字母或英文字母（在前）加上一個阿拉伯數字作代碼。

航空公司的代碼可用於航班號前，像國泰 CX、國泰港龍 KA、香港航空 HX、德國漢莎 LH、上海航空 FM、新加坡航空 SQ、澳洲航空 QF、日本航空 JL、大韓航空 KE、英國航空 BA、

印度捷特航空（Jet Airways）9W、捷藍航空（JetBlue Airways）B6 等等。另外客票的艙位代碼主要依頭等、商務、經濟等級來劃分，但個別航空公司的艙位代碼可能都不一樣，但通常以 F 或 A 代表頭等，C、D 或 J 代表商務，而 Y 則代表經濟艙等等。

在每張實體機票的右上角處，可看到一排八至十多個阿拉伯數字，最前三個數字是代表航空公司名稱的代碼，其後普遍是指機票表格號碼、序號等等，以下是主要航空公司的三位數字代碼：

主要航空公司的三位數字代碼

航空公司名稱		代碼
中文	英文	三位數字
國泰航空	Cathay Pacific	160
新加坡航空	Singapore Airlines	618
英國航空	British Airway	125
英國海外航空	British Overseas Airways Corporation	061
汎美航空	Pan American	026
加拿大航空	Air Canada	014
法國航空	Air France	057
印度航空	Air India	098
美國航空	American Airlines	001
英國金獅	British Caledonian Airways	121
加拿大太平洋	Canadian Pacific Air Lines	018
大陸航空	Continental Airlines	005
漢莎航空	Deutsche Lufthansa	220
日本航空	Japan Airlines	131
達美航空	Delta Air Lines	006
芬蘭航空	Finnair	105
皇家荷蘭	Royal Dutch Airlines	074
大韓航空	Korean Air	180

（續下表）

航空公司名稱		代碼
中文	英文	三位數字
馬來西亞	Malaysian Airline System	232
西北東方航空	Northwest Orient Airlines	012
菲律賓航空	Philippine Airlines	079
澳洲航空	Qantas Airways	081
北歐航空	Scandinavian Airlines System	117
瑞士航空	Swissair	085
泰國航空	Thai Airways International	217
環球航空	Trans World Airlines	015
美國聯合	United Air Lines	016
美國航空	US Airways	037

電子機票

　　電子機票是將傳統機票的各項需要資料，全輸入及儲存在航空公司的電腦資料庫中，省卻開立紙張機票的步驟。此外，由於電子機票省卻印製機票的紙張與成本，對環境保護及減少碳排放起了很大的幫助作用。根據國際航空運輸協會表示，協會所屬超過二百五十間航空公司和機票代理機構，由 2008 年開始已全面以電子機票取代紙質機票，每年省卻超過四億張紙，並為航空業每年節省多達三十億美元，更可挽救五萬棵樹。

　　現在購買電子機票非常方便，只要透過網站、智能電話或航空公司進行預訂手續及電子付款，憑着有關訂單編號或旅行證件前往機場，便可直接辦理登機手續，從而避免因機票丟失或忘記攜帶而造成的不能登機的尷尬、麻煩及困擾。

香港自 1936 年民航事業剛起步，民眾購買機票的數量反映當時香港對外商貿及航運活動的強弱指數。當時若欲購機票，除到該航空公司營業地點購買外，亦可到其代理商行辦理，甚至往九龍半島酒店大堂內的航空公司檯位訂購。當時傳統紙張機票全由人手處理，並且需要填寫各項資料包括：乘客姓名、出發地、目的地、航空公司、航機班次、機位等級、出發日期、起飛時間、機票失效期、可攜帶之行李重量、票價條件及限制、機票淨價、香港機場稅價、當地機場稅價、機票總票價等等。

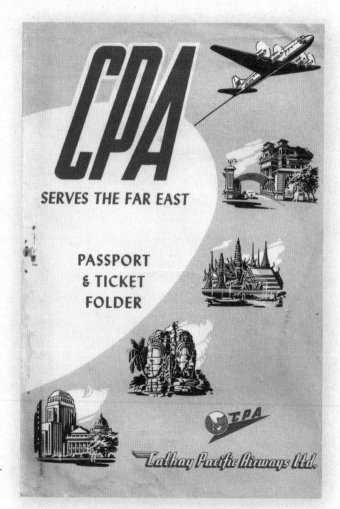

1950 年代國泰機票及護照套

由於機位的資料及訂購全是靠人手處理，若有任何改變及航班延誤，差不多要重新再做。再加上實體機票涉及多張正副本，航空公司或其代理人在書寫的時候需要較大力度，才確保字跡能過底。萬一寫錯字體或數目，亦不可使用塗改液更改，須重新開立一套新機票再寫，可謂浪費不少人力物力，今天看來既耗時又不環保。

但實體機票還有其好處的一面，航空公司可利用機票頭頁的正面及尾頁的底面大加設計，以獨特的圖案、鮮艷的顏色及顯著的文字以吸引顧客。機票設計有些以該公司的新型號飛機作宣傳，亦有些以該公司的標誌作設計，更有些以國旗作封面部分，正是百家爭鳴、百花齊放。還有一樣電子機票至今還未能取代實體機票，就是那份昔日的回憶！手寫紙機票能勾起我們那些年乘飛機的情懷！

·國泰航空·

圖為國泰第一代（1946－1950 年代）實體機票，票面以白底藍字設計，中間位置印有國泰最早期的機構標誌，以一個地球、一個三角形及三個英文字 CPA 所組成，簡單整潔。機票的右上角處，可看到「1602」及「87250」兩組亞拉伯數字，其中「1602」代表表格號碼，其前三個數字即「160」是國泰航空公司的名稱代碼，而「87250」則代表機票序號。

前身為澳華出入口（Roy Farrell Export-Import Co., Ltd.）的國泰航空公司，於 1946 年 9 月 24 日在香港正式註冊。國泰在創立至 2008 年（由電子機票全面取代實體機票）這 62 年期間，曾發行八款不同時期、不同設計的機票，每代機票代表着每個年代的光輝及進步。國泰於 1946 年成立初期，開辦往返香港、馬尼

拉、曼谷、新加坡至上海的客運及貨運包機航班，利用分別註冊為 VR-VHB 和 VR-VHA 的兩架道格拉斯 DC-3 雙引擎飛機 Betsy 及 Niki 提供服務，首年載客量超過三千人。1947 年，機隊再加添三架道格拉斯 DC-3 型客機及水上飛機 Vickers Catalina，以應付急增的乘客及貨運量。1948 年，英資洋行 Butterfield & Swire（後稱「太古洋行」，即太古集團前身）收購了國泰四成半股權，成為國泰航空最大股東。

國泰航空於 1958 年收購怡和洋行屬下的香港航空（Hong Kong Airways），1983 年在澳洲購回首架客機「Betsy」，並送贈香港科學館作長期展出。1994 年國泰航空以二億港元，購入香港華民航空的 75% 股份，並以全新的「展翅」塗裝取替綠白相間設計的商標。

· 國泰港龍航空 ·

　　1985 年 5 月，曹光彪、包玉剛、霍英東及中資機構華潤、招商局等華商，看準香港和內地航空市場的無限潛力，於香港組成港澳國際投資有限公司，並成立「港龍航空公司」。同年 7 月，港龍租來了一架波音 737 營業，開啟了一段傳奇的香港航空故事，坊間戲稱為「天上有地上無」。當時第一個航點在馬來西亞亞庇，內地首個航點則在廈門。

　　1986 年，港龍航空為推廣業務，品牌的名稱需要更改來配合，將英文名字由 Hong Kong Dragon Airlines 改為 Dragonair，中文名稱則維持不變。下圖為 1980 年代的港龍航空舊式機票，主要以紅、白、金三種顏色設計。機票靠左位置上印有一條金色呈 S 型的五爪金龍，活靈活現非常突出。根據中國古代帝皇規格，只有天子的衣服和隨身物品上才能夠繪製五爪金龍，以代表皇帝才是真龍，而其他有龍形的地方則使用四爪金龍來區分。機票的右上角處，可看到 043|4200|603|794|2 五組亞拉伯數字，其中「043」是港龍航空公司的名稱代碼，「4200」代表表格號碼，「603794」代表機票序號，2 則代表核對號碼。

```
043 4200 603 794 2
```

IMPORTANT NOTICE
Reconfirmation of Bookings
If you break your journey for more than 72 hours, you are required to contact a Dragonair reservations agent to reconfirm your onward or return flight AT LEAST 72 hours before its scheduled departure time. Failure to do so may result in the reservation being cancelled.

重要事項

若閣下留境超過七十二小時，請於班機離離站時間至少七十二小時前，向港龍訂位部再確定下一站或回程機位。否則閣下已訂之機位可能會被取消。

機位確定

機票 *Passenger ticket & baggage check*
Your attention is drawn to the Conditions of Contract and Notice printed inside this ticket.

港龍航空 **DRAGONAIR HONGKONG**

1990 年 1 月，國泰航空和太古集團收購港龍航空 35% 股權，此後經歷數次增持與減持。2006 年 6 月 8 日，港龍航空董事局一致達成協議，宣佈重組國泰、港龍及國航間的股權。國泰原持有港龍 17.79% 股權，在協定下提出以八十二億多港元購入餘下約 82% 股權，令港龍成為國泰全資附屬公司。2016 年 1 月 28 日，國泰將港龍企業名字改為「國泰港龍航空」（Cathay Dragon），品牌標誌的式樣採用國泰的「翹首振翅」展示，但顏色則使用紅色，飛龍標誌的設計經過修過後，只保留在機頭下方位置，垂直尾翼原有的飛龍標誌由紅色「翹首振翅」取代。

· 汎美航空 ·

汎美世界航空公司（Pan American World Airways），簡稱汎美（Pan Am）成立於 1927 年 3 月 14 日，執行官（CEO）是航空達人胡安特里普（Juan Terry Trippe）。以「世上最有經驗的航空公司（World's Most Experienced Airline）」為宣傳的汎美，最初在美國佛羅利達州提供水上飛機服務，1937 年開始在香港提供民航服務，香港飛剪（Hong Kong Clipper）及中國飛剪（China Clipper）兩大水上飛機開通中港美三地空中運輸，寫下香港航空歷史新的一頁。在第二次世界大戰後，胡安特里普創建了全球首個飛機經濟艙，航班票價比往日豪華艙降低了一半有多。

當時曾有報章報導：「有人類居住的地方，那處便有汎美航機！」汎美在最興旺時期航點遍及亞洲、歐洲、大洋洲、南美洲、北美洲、非洲及全球超過 160 個國家。航線主要分為太平洋航線、大西洋航線及拉美航線，樞紐機場有三藩市國際機場、紐約甘迺迪國際機場、邁阿密國際機場及休士頓洲際機場。

　　上圖為 1959 年的汎美粉橙色旅行通行証（Trip Pass），其設計、長度、闊度及內頁都很像機票，是汎美於五十年代推行的環球旅行特惠機票。設計主要以橙、白、黑三種顏色設計，機票的右上角處可看到 026074148859 十二個亞拉伯數字，其中「026」是汎美航空公司的名稱代碼，「074」代表表格號碼，「148859」代表機票序號。

　　機票中間位置上印有特大及橙色字體的汎美英文名稱，非常吸引。

　　該旅行通行証由美國洛杉磯出發，經日本東京、泰國曼谷、香港至檀香山，再從檀香山返回洛杉磯。該通行證的發行機構及使用者需要遵守國際航空運輸協會（IATA）及華沙公約的要求及規定。

汎美機票有900個方便旅行的理由

汎美在全界各地設有辦事處九百間.
汎美辦事處遍設全界各地,汎美航空線可達任何地方.
旅客一踏進汎美辦事處,其旅行專家即準備為君服務.
購汎美機票往全界任何地方,旅客可獲得所需的一切
旅行協助,同時更能享受心曠神怡的愉快感覺,因為閣
下已選擇了全界上經驗最豐富的航空公司.
無論閣下在何時何地計劃旅行,請先與汎美特約旅行
社或汎美全界航空公司華務部接洽.

香港歷山大厦 電話:二三一一一一 九龍半島酒店 電話:六六四〇〇五
台北市103中山北路第二段 電話:四八二八四/七, 四三〇四四

經驗豐富・允冠全球

第一家橫渡太平洋　　第一家橫渡大西洋
第一家飛行拉丁美洲　第一家環航全球

1960 年代汎美航空公司 (Pan Am) 的廣告

· 英國海外航空公司 ·

英國海外航空公司（British Overseas Airways Corporation，
BOAC），簡稱「英海外」，前身為帝國航空（Imperial
Airways），今天為英國航空（British Airways）。下圖為 1956 年
4 月 10 日由香港代理商渣甸洋行（即今天怡和）發行的英海外單
程機票，行程由香港啓德機場出發，目的地是英國倫敦。

　　該英國海外航空公司單程機票價錢為 4,448 港元，寄倉行李
准予最高負重量為 30 公斤，乘客名為 M. Pack 先生。若以香港上
一世紀五十年代中的物價指數作推斷，普通「打工仔」月入只有
數十元，這張從香港往倫敦超過四千四百多港元的機票價錢，足
可在港購置一層樓！今天看來，真是不可思議及令人咋舌！

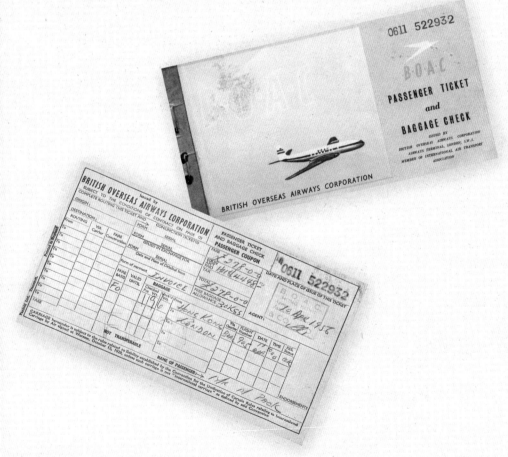

1960年代英國海外
航空公司（BOAC）
的廣告

生活與娛樂

　　英海外的機票設計主要以淺藍及淺綠兩種顏色，除印有該航
空公司的標誌圖案：速鳥（Speedbird）及 BOAC 四個英文字外，
最吸引是票面下方印有最新式的德哈維蘭製造的彗星型（Comet）
噴射客機。機票的右上角處可看到「0611522932 十個亞拉伯數
字，其中「061」是英海外航空公司的名稱代碼，「15」代表表格
號碼，「22932」代表機票序號。

　　英國海外航空公司成立於 1940 年 4 月 1 日，是英國的國
營航空公司，經營英國境內及國際航線服務。1972 年，英國航
空集團建立，四間航空公司 BOAC、BEA、Cambrian Airways 及
NE Airlines 經合併後，於 1974 年 3 月 31 日正式成立英國航空
（British Airways）。1987 年 2 月，英國航空私有化，引入新的設
計商標「Speedwing」。1997 年，英航再將標誌改為紅、藍、白
三色絲帶「Speedmarque」，而呼號仍然保持為「Speedbird」。

·快達航空（QANTAS）·

　　以袋鼠為標誌的澳洲航空公司（簡稱「澳航」），於 1920 年在澳洲昆士蘭省創立，是全球三大歷史悠久的航空公司。澳航英文名稱是「QANTAS」，這六個英文字母只是該公司的英文簡稱，全名直譯為「昆士蘭省及北領地航空服務」（Queensland and Northern Territory Serial Services）。

　　直譯名字與正式名稱，有很大的距離及完全不對應。反而在上世紀五十至六十年代，從音譯方式「快達航空」來代表該公司還較貼切的。當時的報章廣告，全都以快達航空代表該公司，直至今天航空界部分人員亦以此名稱稱呼。

　　「澳洲航空為公司」的名稱曾在澳洲出現雙胞胎，一間由跨澳航空公司（Trans Australian Airlines））於 1986 年改名為 Australian Airlines 後，便同樣以「澳洲航空」為公司名字，不同的是這第二間澳洲航空公司只提供澳洲國內航線的股務。最終，1992 年 QANTAS 兼併「澳航」，往後統一稱為「QANTAS」，中文以「澳洲航空公司」為法定名稱。

EACH PASSENGER SHOULD CAREFULLY EXAMINE THIS TICKET PARTICULARLY THE CONDITIONS ON THE INSIDE COVER HEREOF
ISSUED BY QANTAS AIRWAYS LIMITED. HEAD OFFICE 70 HUNTER STREET, SYDNEY, AUSTRALIA
MEMBER OF INTERNATIONAL AIR TRANSPORT ASSOCIATION

0812　20-313-823

QANTAS

PASSENGER TICKET AND BAGGAGE CHECK

上圖為 1970 年初的澳航機票，設計以白底及多個大小不一的圓形為主，並以不同圖形及顏色拼出一架飛機圖案，感覺很有活力及動感。機票的右上角處可看到「081220313823」十二個亞拉伯數字，其中「081」是澳洲航空公司的名稱代碼，「220」代表表格號碼，「313823」代表機票序號。

·日本航空·

在航空公司的航機機身及垂直尾翼上，很容易找到及看到這些吉祥代表，例和龍、雁、鳳凰、老虎、飛鳥等等。

但隨着航空公司架構的改變或公司的營業策略有所變更，公司的標誌亦隨之改變來配合。但有一間亞洲航空公司的標誌，曾多次改變，最後都回復最初的模樣。估計你們也猜到，這間航空公司便是日本航空（JAL），以代表吉祥的「紅鶴」亦被稱為「鶴丸」作企業標誌。

日航創立於 1951 年 8 月 1 日，同年 10 月 25 日營運。到了1954 年，日航更開辦了首條跨太平洋國際航線往美國。經過三十多年的改組及擴展，1987 年終實現完全民營化。2002 年，與當時日本第三大航空公司日本佳速航空合併，曾成為日本最大及最有規模的航空公司。可惜經營不善，2010 年 1 月破產後，其地位被全日本空輸服務有限公司（即全日空 ANA）取代。2011 年初日航經過破產重組後，同年 4 月重新啟用於 2008 年退出歷史舞台的紅鶴標誌，代表重生的象徵。

上圖為 1965 年 10 月 18 日的日航機票，由香港出發，經日本東京至英國倫敦。機票首頁左方印有日航的商標——紅鶴，背景為日本多個著名標誌，以旗盤方式排列。機票的右上角處可看到「13127018053」十一個亞拉伯數字，其中「131」是日航的名稱代碼，「270」代表表格號碼，「18053」代表機票序號。

·法國航空公司（Air France）·

法國航空公司（Air France），簡稱「法航」，成立於 1933 年 10 月 7 日。它是一家法國的航空公司，也是法國國營航空公司，標誌採用藍、白、紅三種顏色不同長度線條。在 2004 年 5 月收購荷蘭皇家航空公司，並組成了法國航空——荷蘭皇家航空集團（Air France-KLM）。

法航—荷皇航空集團是歐洲最大的航空公司，總部設於法國巴黎戴高樂國際機場，是世界上最大的航空公司之一。全球除了英國航空之外，法航是第二家擁有超音速和諧式客機（Concorde）的航空公司。

　　上圖為 1949 年 10 月的法航機票，左上角可見早期法航飛馬
標誌，與現時的藍、白、紅顏色標誌有天淵之別。機票內頁及首頁
的右上角處可看到「575」及「450474」共九個亞拉伯數字，其中
「057」是法航的名稱代碼，「5」代表表格號碼，「450474」代表機
票序號。

· TWA ·

環球航空公司簡稱「環航」，前身為 1925 年成立的西部航空快運（Western Air Express），它亦曾名為跨大陸及西部航空公司（Transcontinental and Western Air，T&WA）。1939 年，霍華德·休斯（Howard Hughes）成為 T&WA 的最大投資人後，將它更名為環球航空（Trans World Airlines，TWA），他亦被稱為「環球航空公司之父」。

1950 年代，美國主要有三大航空公司，它們是汎美（Pan Am）、達美（Delta）及環球航空（TWA）。由於霍華德·休斯的積極推動及不斷拓展，航線跨越美國大陸，更橫越大西洋，終成為美國的最大航空公司之一。

下圖為 1954 年 1 月的環球航空機票，左方可見早期環航空中服務員形象。機票首頁的右上角處可看到「0152C」及「707142」共十個亞拉伯數字，其中「015」是環航的名稱代碼，「2C」代表表格號碼，「707142」代表機票序號。

· 荷蘭皇家航空（KLM）·

荷蘭皇家航空公司於 1919 年 10 月 7 日成立，至今該航空公司的名字未曾改變，成為全球保持原有名稱運作歷史最悠久的航空公司。

荷蘭皇家航空公司簡稱荷航，坊間大部分人以為 KLM 是其英文簡稱，事實這三個字體來自荷文，原名 Koninklijke Luchtvaart Maatschappij，意指「皇家航空公司」，亦稱 KLM Royal Dutch Airlines。荷航以阿姆斯特丹史基普機場（Schiphol Airport）為主要航空樞紐。

1920 年 5 月 17 日，荷航首班航機首次由倫敦飛往阿姆斯特丹後，又於 1924 年 10 月開闢通往印尼的第一條航線，更於 1929 年開通了荷蘭往返亞洲城市的定期航班。1946 年 5 月，荷航首航美國，開闢了跨越大西洋的洲際航線。

　　2004 年 5 月，法國航空成功收購荷蘭皇家航空，並組成了法國航空－荷蘭皇家航空集團（Air France－KLM Group）。荷航成為法國航空－荷蘭皇家航空集團 100% 持股的子公司。荷航本身的獨立地位維持不變，法航與荷航可各自以獨立的品牌名稱經營。

　　上圖為 1962 年 12 月 22 日的荷航機票，由泰國曼谷出發，經香港至菲律賓馬尼拉。機票首頁可見印有荷航的皇冠商標，機票內頁及首頁的右上角處可看到「0744」及「2373663」共十一個亞拉伯數字，其中「074」是法航的名稱代碼，「4」代表表格號碼，「2373663」代表機票序號。

·德國漢莎（Lufthansa）·

　　德意志漢莎航空股份公司的「漢莎航空」，於 1926 年 1 月 6 日成立於柏林，它合併了「德意志勞埃德航空」和「Luftverkehr」兩家公司。

　　在第二次世界大戰爆發前，漢莎航空的航線已跨越東南亞、北大西洋和南大西洋。1953 年 1 月 6 日，德意志更名為德國漢莎航空股份公司。1955 年 4 月 1 日，漢莎航空公司恢復德國國內航班。在 1955 年 5 月 15 日開始國際航班，往返歐洲城市，1956 年 6 月 8 日，開始使用洛克希德超級星座客機往返紐約南大西洋航線。

下圖為 1962 年 4 月 11 日的漢莎機票，以傳統黃、藍顏色作設計，標誌為德國人心目中的國鳥──仙鶴，非常奪目。漢莎為紀念成立 100 周年，採用全新的標誌和飛機塗裝來展現新形象，新標誌從過去的圓環內黃色變成了和尾翼融為一體的藍色，標誌性的藍色仙鶴也變成了銀白色，飛機塗裝則變成了深藍色，尾部塗裝的區域也有所擴大，很是突破。

古老電費單

　　電是無色、無味、無嗅,更是無形、無體、無重!但在電力行業中,電的術語或名稱卻以有形勝無形、有重勝無重來形容,比最初的含義來得較實在、較具體,例如「大電」、「細電」、「重電」、「弱電」、「粗電」、「幼電」等等來形容電力。「粗電」及「幼電」這兩個曾流行一時的電氣術語,曾深入民間並走進家庭,甚至出現在每家每戶的電費單上!究竟甚麼是粗電及幼電?粗幼有甚麼分別?為甚麼與電費單有關?我們首要先認識香港以下兩間電力公司的起源及典故:

港燈

　　創立於 1889 年的香港電燈有限公司(The Hongkong Electric Co., Ltd.,下稱「港燈」),與港府簽署了香港首份供電合約,供電予抽水揼輸送食水給太平山上的居民。1890 年 12 月,港燈開始為香港島部分地區提供電力,包括中環德輔道中的首批電街燈,與位於灣仔的日街、月街、星街,以及光明街及電氣街一帶的地方,是香港開埠以來首先有電力供應的地區。其中日、月、星三條街道的命名,源於《三字經》的「三光者,日月星」。三光者為日光、月光及星光,喻意電力帶來光明。

　　香港首間發電廠建於灣仔星街和電氣街交界,屬於港燈最早的大型資產。由於該發電廠發電量只有 100 千瓦,實不足應付當時城市發展的需要,加上機件損耗嚴重,1922 年遭受停產及拆卸,由位於北角的第二間發電廠所取代。由於發電廠座落北角炮

台山，附近的電氣道（Electric Road）及大強街（Power Street）因而得名。香港日佔時期，北角發電廠曾受嚴重破壞以致停產，直到戰後經過修葺，該廠於 1945 年 10 月 4 日再次投產，並繼續使用至 1970 年代末，現址改建成今天城市花園。

1968 年為應付香港島不斷增長的電力需求，港燈於鴨脷洲興建新一代的發電廠，首台發電量 60 兆瓦的發電機組正式投產。鴨脷洲發電廠最後於 1989 年 12 月正式停產，其後該址改建成住宅海怡半島。港燈是目前世界上歷史最悠久的電力公司之一，供電範圍包括香港島（包括附近的小島嶼）、鴨脷洲及南丫島。港燈現時發電設施設在南丫島上，總發電量為 3,737 兆瓦。2011 年 2 月港燈母公司開始為配合未來業務發展方向而正式易名為「電能實業有限公司」。

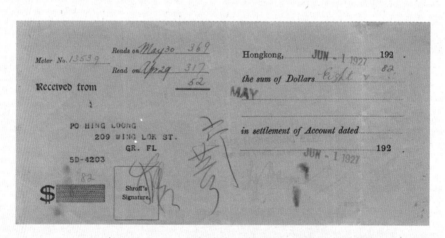

1927 年 6 月 1 日，由香港電燈有限公司發出的電費單收條，客戶為一間位於港島上環永樂街 209 號寶興隆參茸海味店。根據電費單的資料，該客戶用電量為 52 度，共付港幣八元八角兩分，每度電平均售價為一角七分。

九燈

在 1901 年僅以 30 萬港元作資金的 China Light & Power Company Ltd. 於香港成立，初期還未有任何中文名稱，曾俗稱為「九燈」，後正式名為「中華電力有限公司」（下稱「中電」），主要在廣州承辦發電廠業務。1903 年，因在廣州經營困難而轉向九龍發展，同年中電於紅磡漆咸道與公主道迴旋處建成首座發電廠，裝置有三架小型發電機，發電總容量為 75 千瓦，提供電力範圍不超過兩方哩，客戶不足二百個。

1910 年，中電宣佈簽約供電予廣九鐵路（即今九廣鐵路）。翌年，廣九鐵路通車，代表着電力成功聯繫九龍、新界及內地民眾，滿足三地用電上升的需要。踏入重要的 1918 年，中電以漆咸道發電廠與政府交換鶴園地段，興建鶴園發電廠；同年 12 月11 日，中電股東通過架構重組，公司名稱改為「壹千九百拾八年中華電力有限公司」（China Light & Power Company (1918), Ltd.）。1919 年，鶴園發電廠（即今海逸豪園）動工興建，以供電給九龍半島、新界及離島區。1960 年代，鶴園發電廠利用煤炭及石油提煉出來的黑油作燃料發電。

1969 年投產的青衣發電廠，全部以燃油運作，擁有十台發電機組，總發電量達 1,520 兆瓦。1982 年青山發電廠分階段投產，建造了八台燃煤發電機組，部分為煤油兩用及天然氣，總發電量達 4,128 兆瓦，為全球最大的發電廠之一。1995 年，龍鼓灘發電廠投入服務，以燃燒天然氣及熱空氣推動渦輪機發電，再利用餘熱產生蒸氣，推動蒸氣渦輪機產生電力。這種「聯合循環」的技術，能把發電的效率提高，增加效益。

粗電和幼電

香港在上世紀五六十年代，兩間電力公司為有效控制及節省能源，供電分為「粗電」（即 Power 譯名「力電」）和「幼電」（即 Lighting 譯名「燈電」）兩種。幼電是只供照明燈具之用，像鎢絲燈膽或光管；粗電則供電給電量高的電器設備，像雪櫃、洗衣機、電視等等。其實粗電及幼電的來源都是一樣，都是通過發電廠的發電機輸出電力，經輸電、配電網絡送往用戶的電房、電路，直至燈具及設備上。

生活與娛樂

粗電及幼電兩者的分別，是不同的供電路線、不同的計量電錶、不同電流的電力及不同的計算收費。以五十年代普通的家庭為例，一般設置兩個電錶，一個量度粗電用量，另一個則量度幼電用量。當年的電費單分別列出粗電、幼電的耗電量，家用的電費是根據每月耗電量（單位為千瓦小時 kW·h）加上電錶租金來計算，一度電是等於一千瓦（kW）的電器用具耗電一小時。電錶每月租金於五十年代約為港幣五角，而六十年代則約為一元。

由於粗電比幼電便宜，有些人竟非法以粗電接通幼電的線路把電燈點亮，藉以節省電力，但這危險及不誠實的做法絕不可取！在七十年代初，電力公司因不斷改進及增加發電量，粗幼電的配電制度亦劃上句號，以往雙電錶亦被單一電錶所替代。

這張舊照片所示，1903 年，中電於紅磡漆咸道與公主道迴旋處興建首間發電廠，裝置有三部小型發電機，總發電容量為 75 千瓦，客戶不足二百個

1969 年青衣發電廠建成，由時任港督戴麟趾爵士揭幕。A 廠和 B 廠共擁有十台發電機組，投產的總發電量達 1520 兆瓦。1996 年全面退役，1998 年煙囪被拆毀（相片由一位前中電工程所拍攝）

青衣 A 發電廠於 1969 年投產，擁有六台 120 兆瓦發電機組，全部以燃油運作（相片由一位前中電工程所拍攝）

中華電力有限公司

根據香港一九一一年至一九一五年公司則例
於一九一八年十式月式十八日立案

則例及章程

壹九四九年三月三十壹日重訂

本公司有權隨時修改此則例及章程
並不須再行通告

Printed by the South China Morning Post, Ltd., Hongkong.

中華電力有限公司於 1949 年 3 月 31 日重訂的則例及章程，中央
位置可見中電的早期的公司標誌，以「CLP」三個英文字母作主要
設計

Form No. H.S./101

A/c No. ....

Meter Book No. ....

M _Wharx Shuk Shui_

78 Aplan St. Gnd. Fl.

KOWLOON, ...31 MAR 1931........, 193

D. No. ....

Dr. to THE CHINA LIGHT & POWER COMPANY (1918), LTD.

NOTICE.

This account can be paid at any of the following Offices:—

1.—SHEWAN, TOMES & CO.,
   General Managers,
   St. George's Building, Hongkong.

2.—POWER STATION OFFICE.
   Tai Wan Road, Hok-Un.
   BRANCH OFFICES:—

3.— 474, Nathan Road, Yaumati.

4.— Sham Shui Po Sub-Station,
   Sham-Shui-Po.

5.— Kau Pui Shek Sub-Station,
   Kowloon City.

6.— 37, Nathan Road, Tsim-Sha-Tsui.

7.— Kowloon-Tong Sub-Station,
   Kowloon Tong.

貴客結數請到下列各辦事處

一 香港聖佐治行

二 紅磡鶴園大灣道

三 油蔴地彌敦道四七四號

四 深水埗枝站

五 九龍城等杯石枝站

六 尖沙咀彌敦道三十七號

七 九龍塘枝站

To Supply of

Electric Current for the month of ....MAR 1931........193

Meter No. ...11129... reads on ...2-4... 463

read on ...3-3... 439

Used during the month ...23... B.O.T. Units

...23... Units @ 18 Cents per Unit

.... Units @ " " "

Rent of Meter

$

Outstanding Accounts:— 上月欠數

NOTICE

Due to increase in ... the Company are reluctant ... of n ... rentals ...

$ 439

All employees of this Company are supplied with an Identification Card.

Cases having arisen where unauthorised persons have obtained admittance to houses purporting to be on this Company's business, consumers are requested, for their own protection to demand to see employee's card as above, before allowing any person access to any Electric Meter or Electric Fittings. In case of failure of supply phone K. 56375.

Extract from Rules and Regulations regarding payment of accounts:— Accounts for electricity consumed during one month become due on presentation and must be paid before the end of the month following that to which they refer. If such accounts are not paid by the fifteenth of the month following that to which they refer the Company may, after giving seven day's notice to the Consumer, disconnect such Consumer without further notice and without prejudice to their rights to recover all arrears. This right to disconnect a Consumer shall not be affected by any deposit the Company may hold from the Consumer as security against Consumer's account. An installation, so disconnected, will not be reconnected until the amount due is paid, plus a reconnection fee of $2.00 (Two Dollars). The Company reserve the right to demand deposits against electricity supply accounts, in all cases. Complaints regarding accuracy of accounts must be made to the Office of the Company within a week from date of issue.

距今超過85年的中電電費單，於1931年3月31日發出，收單人為一位陳姓先生，地址為鴨寮街78號地下，電錶號碼為11129。該月份用電量為23度，電費為每度一角八分，電錶租金為二角五分，該月電費共銀為港幣四元三角九分。付款地點列明有七處：包括港島聖佐治行、紅磡鶴園大灣道等

中華電力有限公司
股東額外敘會廣告

本公司定於壹千九百拾五年拾貳月廿五日禮拜五正午拾貳句鐘在香港東本公司註冊寫字樓遷五正午拾貳句鐘作為特守開會叙額外總敘會時將通過議案呈議案案呈......（華歷戊午年拾月廿五日禮拜五正午拾貳句鐘）

（壹）......

（弍）......

（叁）......

（肆）......

（伍）......

壹千九百拾八年拾貳月拾貳號
新其昌洋行謹啟

1918年，中電以漆咸道發電廠與政府交換鶴園地段，興建鶴園發電廠，中電股東於同年12月11日通過架構重組，公司名稱改為「壹千九百拾八年中華電力有限公司」(China Light & Power Company(1918), Ltd.)。圖為1918年12月12日中電「股東額外敘會廣告」

日佔時期由「香港占領地總督部管理香港電氣廠」於1943年10月發出的電費單，收單人名為盧幹，用電地址位於堅道65號4樓，電錶號碼為12168。電費單印有「幼電(Light)」使用量為4度，費用是一元四分，電錶租費(Meter)為四角，共需付軍票值一元四角四分，交款期限為十天

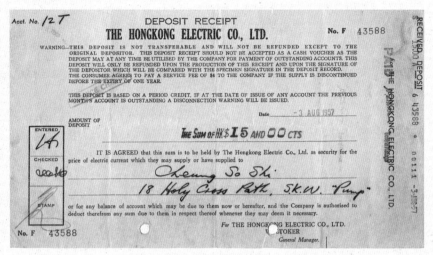

港燈於 1957 年 8 月發出之白色按金單，按金為港幣 15 元正，收單人是一位姓張人士。按金單以紅字特別註明按金不能轉讓，以及只付予原來存入按金者

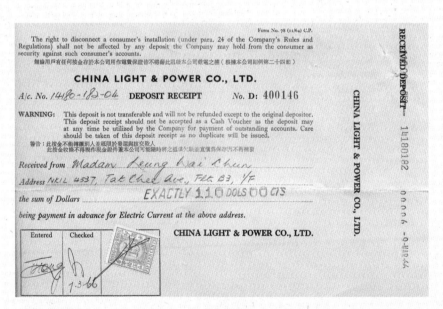

中電於 1966 年 3 月 7 日發出之淺綠色按金單，貼有一枚 15 仙印捐士擔印花票，按金為港幣 110 元正，收單人是一位姓梁女士。按金單像港燈一樣以紅字特別註明按金不能轉讓別人，並只限於發還予該交款人，此按金收條亦不得視作現金代券

CHINA LIGHT & POWER CO., LTD.
中 華 電 力 有 限 公 司

CF 47 (10/65)

YIU KWONG TAK
3/F
25
JORDAN ROAD

PLEASE MAIL THIS BILL TO-
GETHER WITH CHEQUE CROSSED
"A/C PAYEE ONLY" TO:-
CHINA LIGHT & POWER CO., LTD.,
147 ARGYLE STREET,
KOWLOON
OR PAY AT ANY OF THE OFFICES
LISTED WITH OTHER NOTES
OVERLEAF.

請將此賬單連同指定戶口過戶支票郵
寄九龍亞皆老街一四七號中華電力有
限公司或將此賬交往賬後所列之本公
司任何收款站

MERER NUMBERS 電錶號碼   L 11579   P 32607

READING DATE
抄錄日期   7·02·66   140   802

ACCOUNT NUMBER   編賬號碼
11505-672-06
QUOTE IN CORRESPONDENCE
通訊請提出

CHARGE CODE   費用符號
1. LIGHTING   電燈
2. POWER   電力
3. DOMESTIC COOKING   家庭烹飪
5. METER RENT   錄租
7. APPLIANCE HIRE   電器用具租
DI DEPOSIT INTEREST   按金利息
BF BALANCE BROUGHT   接上差額
   FORWARD   (如逾過期
   (IF OVERDUE THE   式將電流止
   SUPPLY MAY BE   據)
   DISCONNECTED)

CR CREDIT AMOUNT. (A CREDIT
   BALANCE WILL BE DEDUCTED
   FROM FUTURE CHARGES)

CR 字則表示該賬尚存餘款將於下次
   單內扣除

| METER READINGS 電錶讀數 | | UNITS CONSUMED 用電度數 | CODE 符號 | CHARGES $ 費用 $ |
PRESENT 今次	PREVIOUS 前次			
1005	844	161	1	46·69
3625	3505	120	2	16·32
			5	1·00

TEMPORARY REBATE   1·61CR

FUEL CLAUSE 燃料調整費
CHARGES INCLUDE
費用已包括
CTS 仙計 0·0 PER UNIT
每度電

DUE DATE FOR
CURRENT CHARGES
本月電費交款限期
24·02·66

TOTAL
總欠賬
62·40

FEB 22-66 三 CLP2 039****** 62.40

中電 1966 年電費單, 印有「幼電」及「粗電」電錶號碼, 分別為 L 11579 和 P 32607, 使用量為 161 度和 120 度, 費用為 46.69 元和 16.32 元。從而得知幼電每度是 0.29 元、粗電每度是 0.136 元, 幼電電費高粗電二倍以上

The Hongkong Electric Co., Ltd.

CONSUMER CENTRE, REALTY BUILDING, FIRST FLOOR TEL. H-230111

香港電燈有限公司 用戶中心 聯邦大廈 一樓 電話：二三零一一一

ACCOUNT NO. 貴戶帳號
0841234005
DEPOSITS 按金
G18106-95

20200
CHANG YUKE KWONG

252 JAFFE RD 3/F

DESCRIPTION 舊帳結算	DATE 日期	AMOUNT 金額 $
PREVIOUS BALANCE ON	29 JAN 70	22.03
LAST BILL	29 JAN 70	21.60
PAYMENT ON	31 JAN 70	22.03CR
PAYMENT INCLUDED UP TO 一帳歇計入至	26 FEB 70	$21.60
THIS MONTH'S METER READING DATE 本月抄錶日期	26 FEB 70	LAST MONTH'S BALANCE 上月差額

METER NO. 電錶號數	METER READING 電錶度數 ENDING 今次度數	BEGINNING 上次度數	QUANTITY 數量	SERVICE 類別	THIS MONTH'S BILL $ 本月帳額
155364	002160	001998	162	1	26.09

THIS ACCOUNT SHOULD
BE PAID BEFORE
此帳應於星日前清數

FINAL NOTICE

AMOUNT DUE
應付金額 ➤

$47.69

EXPIRY DATE F.M. No. 8 12-MAR-70

12 MAR 70   7276

最後日期   編號

FIFTEEN CENTS   HONG KONG $47.69

港燈 1970 年電費單，貼有香港 15 仙捐士擔印花票，並蓋有「最後通知」印，用電地址為灣仔謝斐道 252 號。單上只印有單一電錶號碼，表示以往的粗、幼電雙電錶已取消。該電費耗用 162 度，帳額為 26.09 元，即每度電為 0.161 元

生活與娛樂

領　收　証

香港占領地總督部管理香港電氣廠

電燈料　10　月分　中大正通　65　號　4　樓

盧幹

12168

料金內譯		
料金		4·20
使用電力量	K.W.H.	2
基本料金		1·60
器具損料		1
計量器損料		40

御受取ノ日ヨリ十日以內二
御拂込下サイ
此單限十天內交欸

「香港占領地總督部管理香港電氣廠」日佔電費單，收單人名為盧幹，用電地址為中大正通（即堅道）65號4樓，電錶號碼為12168。電力使用量為2度（kW·h），共需付軍票值四元二角，包括電費一元六角及電錶租費四角

有相有真相

「有相有真相」、「一張相片勝過千言萬語」、「每一張照片，都是時光的標本」等等，都是形容照片的，亦是它背後真正的意義！一張舊照埋藏了說話也不能言盡的心中情感，書寫也不能詳述的精彩故事，描畫也不能揭開的事實真相。喜歡收藏舊照的朋友，也是基於它隱藏着背後的故事而着迷，為了一張稀有的照片，可以毫不吝嗇用上高昂的金錢購入或拍賣得來。由於在香港喜好收藏老照片的人越來越多，亦越來越年青化。基於供求定律，舊照的價值比往日已上升了幾倍甚至幾百倍，碰上數量稀罕且景物難得一見的珍品，價錢更難以估計。

世界首張照片

1826 年法國科學家尼埃普斯（Nicéphore Niépce）拍攝出世界上第一張照片，名為《在 Le Gras 的窗外景色》（View from the Window at Le Gras）。這張照片顯示的是從他家看到窗戶外的庭院和外屋景物，拍攝的方法是通過在針孔觀景窗內的一塊白鑞，即錫與鉛、黃銅等的合金製造的金屬板上曝光而形成的。

1839 年法國發明家、化學家，亦是歌劇院布景畫家的路易·達蓋爾 (Louis Daguerre)，在尼埃普斯的拍攝成果基礎上再作發展，經過一番努力及鑽究下，終於發明了影響後世深遠的「銀版攝影法」（Daguerreotype），並於同年 8 月由法國政府宣佈獲

得攝影技術專利。達蓋爾的銀版攝影法是利用水銀蒸汽，對曝光的銀鹽塗面進行顯影作用，可惜這種攝影方法的曝光時間頗長，普遍需要 30 分鐘或以上，但比較尼埃普斯的攝影方法已大為改進。經過數年改良後，曝光時間亦進一步縮短，可以拍攝肖像照片。但當時技術亦需要數分鐘曝光時間，而被拍照的人必須一直不動，並保持固定動作，否則該肖像便不能呈現在相片上。基於這原因，很多十七世紀末至十八世紀初的街頭速拍舊照，看不到任何途人，只有街上的建築物、路牌及其他固定物。

另一個重要的創始人，英國人威廉塔爾博特（William Talbot）於 1841 年發表了「卡羅式照相顯影法」（Collodion Process），由此產生了可被多次複製的玻璃負板及後期發展的負片，奠定了現代攝影負轉正的攝影工藝流程。

蛋白印相

蛋白（Albumen）除可做餸菜材料、美容、甜品等等之外，另一用途是印相！1850 年，一位名叫路易斯‧埃瓦德（Louis Evrard）的法國人，他發明了蛋白印相技術，成為十九世紀時期最受歡迎的古典印相工藝。

蛋白印相是一種既便宜又簡單且可以無限複製相片的工藝，把蛋清中的蛋白與海鹽形成感光材料，成為附着劑，放到純棉輕質紙張上，表面便形成光亮的塗層。制作照片時，將蛋白紙浸入硝酸銀溶液中，並進行感光處理後，在專用相框中使底片與蛋白紙接觸，並暴露在紫外線下，便可形成影像。蛋白印相照片能够在平滑、光澤的相紙表面上，呈現景物的細節、深度及清晰度，深受市場歡迎。

香港早期照片

自香港開埠至十八世紀初，攝影師為了拍攝一張簡單照片，要動用非常笨重的拍攝器材。若要拍攝戶外風光，需要僱用苦力搬運又大又重的拍攝工具，並要在拍攝前選定理想的安置器材地方。另外需要攜帶一定數量但又易於破碎的玻璃底片、各種沖晒相片的化學物品、藥水及清水等。若遇上雨天，所有拍攝活動需要停止，並要立刻收拾昂貴的器材。所以，攝影師連帳篷、大型雨傘也準備好，務求拍攝一張理想的映像。

攝影術在香港開埠數年後已經傳入，但是早期的攝影活動甚少，都是屬於私人及間斷性的，可惜沒有任何文獻及相片留世。根據香港現存的早期檔案紀錄，由一名瑞士攝影師名洛席葉（Pierre Rossier）於 1858 年在香港所拍攝的立體風景照，被公認為現存可鑒定的最早的香港照片。其餘著名的攝影師或照相館包括約翰‧湯姆森（John Thomson）、華芳影樓（Afong）、璸綸照相館（Pun Lun）、伏洛以德（William Pryor Floyd）及彌爾頓‧米勒（Milton M. Miller）等等。

約翰·
湯姆森

英國蘇格蘭著名攝影家約翰·湯姆森（John Thomson）所拍攝的香港景像最為著名。1862年4月，約翰·湯姆森開始了耗時十年的亞洲拍攝之旅，用影像記錄了麻六甲海峽、印度、柬埔寨、泰國、中國和香港的人、風景和東方文化，被西方攝影界尊為「紀實攝影」的鼻祖之一。

1869年，英國愛丁堡公爵首次訪港，當時港府組織盛大的歡迎儀式，並邀約翰·湯姆森為專用攝影師，隨團拍攝訪問花絮及景物。曾有一本愛丁堡公爵訪問香港的影集，內收錄八幅由約翰·湯姆森拍攝的蛋白照片，並含一幅雙連張全景照，由港府致送給訪問團作紀念，彌足珍貴。約翰·湯姆森其餘所拍攝的照片，例如香港最早的酒樓——杏花樓、大鐘樓、第一代匯豐銀行、香港海岸線樓羣等都非常著名，是現今研究香港史必須參考的圖像。

1870年代，從木球會向西眺望中環。圖中最左為落成不久的香港大會堂，旁為第一代香港上海匯豐銀行的所在地獲利樓，沿岸可見顛地洋行、畢打街大鐘樓、渣甸洋行、連卡佛等著名的建築物

1880 年代，從寶雲道鳥瞰灣仔、維多利亞海港及九龍半島。照片下方為皇后大道東一帶的樓宇，包括左下方多道拱門一層高的首間灣仔街市，山丘上建築物為皇家海軍醫院，右下方可見普樂里與交加里交界的煤氣鼓

曾是本港首屈一指的顛地洋行於 1867 年倒閉後，原址被改建成六層高的香港大酒店，直至 1926 年，酒店不幸發生火警，後該地皮被香港置地公司購入，改建成告羅士打行。圖中左方位置為攝於 1890 年代的香港大酒店，右方為渣甸洋行，兩者之間為畢打街大鐘樓

「有香港，就有華芳」，在 1860 年代至 1940 年代初在香港已流行這說法，「華芳」（Afong）影樓於香港攝影史上佔有舉足輕重的地位。「華芳」的創辦人黎芳先生，籍貫廣東，是早期在香港拍攝人像和本地風景的職業攝影師。1859 年，黎芳在香港皇后大道開設了一間攝影社，專門拍攝人物肖像及生活照片。他僱用了一名葡萄牙人協助，以應付繁忙的拍攝業務，兼可招攬訪港的外國旅客惠顧。華芳影樓在黎芳去世後，由他的後輩繼續經營，直至 1941 年日佔前才結束，共歷八十一載。

1860 年代至 1940 年代初，攝影師黎芳在香港皇后大道開設了一間名叫「華芳」(Afong) 的影樓，專門拍攝人像和風景照片，口碑甚佳，當時有一流行說話「有香港，就有華芳」，廣傳中外。圖為上一世紀九十年代初流行的名片格式肖像片 (Carte de Visite, CDV)，相中人是一名外籍水手，由攝影師黎芳拍攝，卡背印有中文字「華芳」及其標誌，非常吸引

瓊綸（Pun Lun）照相館由溫氏兄弟（Wan Chik-hing and Wan Leong-hoi）創建，是一家活躍於 1864 年至二十世紀初、蜚聲業界的照相館，專長於人物肖像及地貌攝影，其所拍攝的風俗照片更是對中國傳統繪畫的美學延續。瓊綸照相館總店設在香港皇后大道 56 號，當聲名大噪後，業務更拓展至亞洲其他地方，分店開至福州、胡志明市和新加坡等地。1876 年，瓊綸照相館攝影師因不小心使用化學物品，發生了一場火災，以致早期保留在照相館的相片灰飛煙滅，早期作品已難得一見。

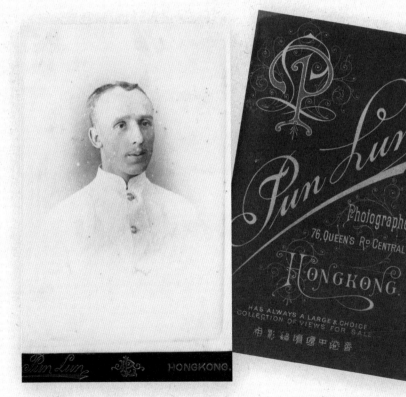

1864 年至二十世紀初，由溫氏兄弟（Wan Chik-hing and Wan Leong-hoi）於香港皇后大道 76 號創立的瓊綸（Pun Lun）照相館，專長於人物肖像及地貌攝影，遠近馳名。圖為瓊綸作品之名片格式肖像片（CDV），別樹一格

1910年代的皇后大道中鄰近嘉咸街，圖左可見麗真映相、冠芳照相、中國公司洋貨走頭、真光公司鐘錶洋貨等等，右為英泰隆油店、勝和堂參茸、占元家用皮面鞋等店舖。遠處高位可見三多酒樓招牌，該建築物先後為襟江酒家及第二代蓮香茶樓

攝於1920年代的黑白舊照，可見位於西營盤的街道，是一條筆直及雙線單程由南至北走向的道路。東邊有東邊街，西邊有西邊街，並有長命斜之稱的「正街」，是通往半山的主要通路。圖中正街右方有一月波茶樓，在其店舖前較高的位置掛有一廣告：「正夜茶話」及「岩茶美點」，吸引不少途人注意

上圖為1920年代位處聖山上的巨石舊照，刻有「宋皇臺」三個字。相傳是宋朝皇帝趙昰和其弟趙昺被元朝軍隊追迫，南逃流亡至此處，後人為了紀念逃難的兩位宋末皇帝，在大石刻上宋皇臺名字。香港政府為勸喻市民愛惜文物，不准塗污及標貼，在宋皇臺附近裝置通告牌（見圖右1920年代舊照），印有「臺裏各處不准用字墨塗污及標貼招紙」

HILL OF THE KING OF THE SUNG
DEFACEMENT BY WRITTEN CHARACTERS OR BY POSTING OF BILLS ON ANY PART OF THIS AREA IS STRICTLY FORBIDDEN.

圖為 1932 年由龍津石橋演變而成的九龍城碼頭，其碼頭小墩及木質防撞柱清楚可見。九龍城龍津石橋建於 1873 年，全長 200 米，寬 2.6 米，分為南、北兩段，材料主要為花崗石，1875 後建成，以方便當時中國官員由水路通往九龍寨城。後來龍津石橋因海泥淤積，1892 年以木材加建至 300 米，橋頭作丁字形，岸尾築有接官亭。龍津石橋經歷多次改建，因 1930 年代初啟德濱的興建，及 1942 年至 1945 年香港日佔時期因擴建啟德機場而被長埋黃土。直至 2008 年 3 月，政府在啟德機場北停機坪原址發現龍津石橋遺跡，才重見天日

1930 年代，香港大酒店旗下往跑馬地的 1 號線單層巴士，途經干諾道中近卜公碼頭。圖左為皇帝行及於仁行（今為遮打大廈），中為第三代香港郵政總局（今為環球大廈），最高為鐵行大廈（今為歐陸中心）

在 1944 年 10 月 16 日日軍佔領香港期間，美軍合眾 (Consolidated) B-24 轟炸機於紅磡黃埔船塢一帶上空進行高空襲擊，日軍零式戰機 (左中) 高速爬升攔截盟軍戰機的攻擊。圖右呈白位置為日軍擴建下的啟德機場

1945 年 8 月 29 日，英國海軍艦隊「不屈不撓號」(HMS Indomitable) 升起英國國旗駛進維多利亞港，以示英國重執香港管治權。圖上方可見港島金馬倫山上記念日軍的忠靈塔，這座塔直至 1947 年 2 月 26 日終被拆毀

1945 年 8 月 15 日，日軍宣佈無條件投降，二次世界大戰正式結束。圖為 1946 年英軍正遣送拘留駐港的日軍，路經彌敦道進入香港臨時收容中心

在香港島金馬倫山的山頂位置上，一座日人為紀念陣亡的日軍將士而興建的「忠靈塔」，塔高 80 米，重約 900 噸，主要以大麻石堆砌而成，建於馬己仙峽道與山頂道交界處附近，即今天金馬倫大廈位置。日軍投降時，忠靈塔只興建了一半高度，終於 1947 年 2 月 26 日給港府以爆破方式拆毀。圖為 1946 年英軍正視察忠靈塔的環境，以準備拆毀安排

在 1948 年一套名為《無敵者》(Unconquered) 的西片，正在中環皇后戲院上映，吸引了不少戲迷買票入場。《無敵者》是一部冒險電影，由派拉蒙電影公司發行，這部電影描繪了 18 世紀中期美國殖民者和美洲土著在西部邊境上的激烈鬥爭。皇后戲院門外泊有一架原由鄧肇堅爵士擁有的 9 號車牌名貴私家車，後來在 1994 年一次車牌拍賣會中，以 1300 萬港元給一位著名香港商人投得，當時成為香港最貴車牌龍虎榜的榜首

菲林明道與莊士敦道交界的人手塗彩舊照，攝於 1950 年初。彩照可見一輛編號 58 的雙層電車，正從莊士敦道往目的地鰂魚涌行走，圖左上方可見位於灣仔道的鏡漪攝影館，右上方可見樓高五層、設有電梯，可筵開百席的英京大酒家（現址是大有商場），當年曾招待過像香港總督葛量洪、孫中山夫人宗慶齡、英女王王夫菲臘親王等名人，是早年灣仔區的地標

約攝於 1959 年的九龍城，圖中馬路為馬頭涌道，遠處為宋王臺花園，右方可見位於馬頭涌道旁的聖三一堂，為一座具有中國文藝復興式建築風格的教堂，現被列為香港二級歷史建築。貨車停泊位置為今天的亞皆老街遊樂場。圖左上方為天廚味精廠房

攝於約 1950 年的舊照，左方白色外牆、富有現代簡約主義風格的建築物為平安戲院（Alhambra Theatre），位於九龍彌敦道及甘肅街交界，其獨特的燈塔形塔樓曾成為彌敦道上的地標。平安戲院圓拱屋頂下共提供 1,113 個座位，成為九龍最大戲院。平安戲院與港島的皇后戲院聯線上映西片，首映電影為《1933 年淘金女郎》，1935 年放映有聲電影《千日香》，曾以贈送廣生行「千日香」香水予女觀眾作招徠。1958 年拆卸期間，屋頂倒塌釀成 6 死 13 傷慘劇，其後重建為現時樓高十八層的平安大廈

1953年6月2日，年僅27歲的伊利沙伯二世於倫敦西敏寺接受加冕，正式登基成為英國女皇。除港、九、新界各著名建築物皆綴以華美的裝飾、配上艷麗的綵旗和霓虹光管外，還舉行盛大的會景巡遊，以慶祝女皇加冕。加冕當天即6月2日，「出會」巡遊路線由跑馬地沿灣仔軒尼詩道、皇后大道中、德輔道中至石塘嘴山道為止，表演活動有舞金龍、雜技及花車遊行等等。翌日即6月3日則在九龍舉行，由界限街警察球場經彌敦道至半島酒店為止。舊照攝於伊利沙伯二世加冕當天，可見盛大的花車在灣仔軒尼詩道上列隊遊行，極為壯觀，吸引了不少市民前來觀看

1950年代，兩名男子在啓德機場停車場上，與一架香港車牌為XX3061的白色私家車旁拍照，背景可見獅子山及螺旋槳飛機

耗資 1,600 萬港元興建的九龍城啓德機場新客運大樓，樓高七層，佔地 392,000 平方呎，控制塔設於客運大樓頂層的最高位置，可俯瞰整個機場跑道及停機坪，內部設有先進的雷達設備，每小時可處理旅客 550 名，成為當時遠東最新穎及最先進的國際機場。1962 年 11 月 2 日，由時任港督柏立基爵士主持開幕儀式。圖為民航處及機場員工在啓德機場客運大樓前拍攝團體照，約攝於 1968 年。最前排右起第六位是機場秘書長伍靜山爵士（現為斐濟共和國駐港澳領事館商務參贊），右起第十位外籍男士為時任機場指揮官 Fred Lillywhite

目 1963 年至今，每年逢農曆三月廿三日，元朗都會舉行「天后寶誕」大型
會景巡遊。舞獅、舞龍及花車等一定出現於巡遊節目中，以恭賀有三百多
年歷史的十八鄉大樹下天后古廟內的天后娘娘誕辰。舊照中可看見一條由
數十人舞動的金龍在元朗大馬路近夏巴洋行前作精彩表演，在圍觀人群後
有一由元朗往沙頭角、編號 18 的九巴單層巴士經過，此圖攝於 1960 年中

在沙田火車站的站名
牌下拍攝團體照，為
當年「打咭」熱點。
照片攝於1960年代，
除相中男男女女外，
他們身邊的汎美及國
泰航空公司旅行袋亦
受人注意

1973年4月16日由康福旅運社在港主辦的復活節台灣遊，大受群眾歡迎，
各團員在啟德機場停機坪上的國泰康維爾客機前，拍下了起飛前的大合照，
富有紀念價值

香江才女林燕妮

被譽為「香江才女」的林燕妮（1943－2018），生於日佔香港時期，原籍廣東惠州。畢業於香港真光中學，獲美國柏克萊大學遺傳學學士學位、香港大學中國文學碩士學位、香港大學中國古典文學碩士學位。在 1989 年榮獲第二屆「香港藝術家聯盟」最佳作家獎，被金庸譽為「現代最好的散文女作家」。林燕妮最廣為人知的，除香水稿紙、《粉紅色枕頭》外，便是她的一篇〈一見楊過誤終身〉的文章，至今難忘！

林燕妮於 1967 年加入無綫電視為新聞助理編導，因生有一張迷人的臉孔及高䠷的身型被無線管理層人員梁淑怡看中，擔任天氣報告員，更客串胡章釗的《樂聲姻緣》節目，分享對男歡女愛的看法。

她曾寫過一篇散文〈我不想對〉有以下對愛情及友情的人生觀：

「如果愛你是錯的話，我不想對。如果對是等於沒有你的話，我寧願錯一輩子。」

「友情，不在於對方有能力幫你甚麼忙，而在於他肯幫你甚麼忙。」

從中可看出，友情及愛情對林燕妮來說一樣重要。若沒有她的一位好朋友、好長輩的提拔及幫忙，相信她在文壇上的成名道路絕對不會那麼順利，這人便是簡而清先生。1973 年夏天李小龍不幸逝世，當時簡而清看到一篇由林燕妮以李小龍兄長李忠琛夫人身份撰寫的哀悼文章，文字盡顯出別離不捨之情及不忘之心，為簡而清留下了深刻印象。當時簡而清因有事離港多天，他想也不想便找林燕妮作代筆，首次在《明報》專欄上代簡而清發表她的文章。由於兩人風格不一，林燕妮的文風更直接、更大膽，吸引了更多讀者。

賞識

林燕妮在香港真光中學就讀期間已開始寫作，並參與由崑南、王無邪辦的《香港青年周報》。她當時雖然不是甚麼文藝青年，亦不是出生於書香世代，但她的文筆、她的才華、她的智慧，甚至她的理想，都在她的筆觸中散發，並充滿正能量，具有成為出色作家的條件。林燕妮是一位不只是「我手寫我口」的作者，還有最重要的是「我手寫我心」。她發表的文章，有時細緻纏綿、有時發人深省、有時盪氣迴腸，令你不知不覺間進入她的感性世界裏，走進她的內心深處裏徘徊，甚至留連至回味。

林燕妮代外遊三個月的簡而清寫稿，寫出她引人入勝及埋藏心裏的說話。這一寫，寫出了彩虹、寫出了名聲，並吸引了當時擔任《明報》社長兼總編輯查良鏞先生的注意及欣賞。查先生在她的稿刊出不久，馬上寫信給她，請她在簡而清外地歸來銷假後，另闢專欄及繼續寫下去，那個專欄就是《懶洋洋的下午》，1973 年 6 月 22 日於《明報》首天刊載。當時提到她喜愛爵士樂女歌手 Morgana King 的歌曲 Lazy Afternoon（懶洋洋的下午），並談及愛情和創作。自此，林燕妮光華嶄露，受人認識，亦將散

文結集成書，1974 年底首本《懶洋洋的下午》成功出版，大獲好評。繼後的《粉紅色的枕頭》、《小屋集》等著作更令她多了一個「作家林燕妮」及「才女」的美譽，讓她成為橫跨七十年代至千禧年代的多產作家，作品超過七十本。

林燕妮的首本散文集《懶洋洋的下午》靈秀飄逸，之後出版的《粉紅色的枕頭》、《小屋集》、《小黃花》、《青草地》、《紫上行》、《痴》、《盟》、《緣》、《浪》、《似是故人似雪》、《為我而生》、《鐵蝴蝶》、《盈江煙浪》、《朝顏》、《花蕙》、《野霧》、《詩囚》等等都令讀者愛不釋手。林燕妮其著作上的輝煌成就，被金庸譽為「現代最好的散文女作家」
圖為林燕妮親筆簽名的玉照，曾用作林燕妮第一本散文集《懶洋洋的下午》紀念版 2018 的封面。

在 1967 年 11 月 19 日無綫電視翡翠台正式啟播不久，林燕妮曾擔任天氣報告女郎，同期還有鍾曉薇及梁淑怡。當時天氣報告員如圖片般面向攝影機，用筆手寫溫度及天氣資料，為避免播映時字體翻轉，電視台需將畫面翻轉才播放。當時觀眾看過畫面後，發覺她們全都用左手寫字，產生很多疑問

1975 年，無綫電視翡翠台介紹電影節目的《蒙太奇》，自播放以來受到觀眾歡迎，到了同年 10 月 10 日，由於節目主持人狄娜突然宣佈辭職，當時節目推廣及宣傳部主管林燕妮走馬上任，臨時頂替主持人一職。原來《蒙太奇》節目曾先後轉了五位主持人，除林燕妮外，還有狄娜、黃露、王天林及李志中

林燕妮首個專欄刊於報章的是《懶洋洋的下午》，始見於1973年6月22日的《明報》第七版副刊上，以後每天以不同題目見報。散文的靈感源自她喜愛的爵士樂女歌手摩甘娜金 (Morgana King) 演繹的歌曲 Lazy Afternoon（懶洋洋的下午），內文談及她對友情、親情及愛情的觀點，以及生活和社會上的所見所聞。由於她觀察入微、分析力強、見聞廣博，能從平凡中悟出真理，文章刊出後好評如潮。

「文藝書屋」出版社的翻譯家黃敬義，對林燕妮的文章非常欣賞，並要求替她結集成書，更找來名師水永田拍照及封面設計。直至1974年12月，林燕妮首本散文集《懶洋洋的下午》正式出版，結果一紙風行，不斷再版！

圖為林燕妮首本著作《懶洋洋的下午》初版簽名本，富有紀念價值

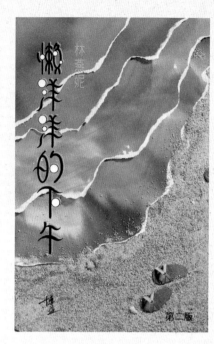

由「文藝書屋」出版的《懶洋洋的下午》，自 1974 年 12 月初版發行後，短短四個月內便印發第二版，再四個月後再發行第三版，之後還不斷再版，《懶洋洋的下午》受讀者歡迎程度令人咋舌！其中在 1975 年 8 月第三版的《懶洋洋的下午》裏，林燕妮破天荒寫下首篇序言，名為「三版序」，分享了她對快樂追求付出的代價和人生的哲學觀：「不怕暫時的妥協，只求走到我的目標。」她亦提到在初版及二版時都沒有寫序，藉着「三版序」來說明將這本《懶洋洋的下午》獻給以下幾個人：

- 初版 ... 想將它獻給我的父母 ...... 他們始終是無條件地一生愛我的人 ......。
- 二版我要給忠琛，我以前的丈夫，紀念我們以往快樂與不快樂的日子。
- 三版和以後所有的，全部都是獻給他，一個我深愛的人，我再無話可說，惟願上天祝福我們。

除文藝書屋出版的初版《懶洋洋的下午》外，另外兩間出版社其後亦有出版發行新版，左至右為博益 (1990)、壹出版 (2018) 的封面。

「繫我一生心」

望命書

26日落版

林燕妮

23/8/88

P.1

400

第一次看掌相，剛二十出頭，跟著同學捧了上去，那個時差了。出名的相士坐鎮，他指我結婚過早。幾多出名算行業，應該營商等。

一切都好像與我無關。

那時我剛結婚，剛打第一份工，他所說的一切好像與我無關。故此命書一看塞在抽屜裏了書。

前些時翻舊物，又把這份命書翻了出來。

他寫下的居然都對了。

在年練做書贈，林園墟有時份來轉行看相，但是同中也令聽同事們氣句，他看，我的相，說道：「你遠是自己出外打天下的好！」又翻看另一位同事說：「那個則是打工皇帝命」，打工一這高戲唔新，自己從生意義戲不會成功，那則是不了回去打工，至然另一位同事，月月圓圓（創造凡）我想出去打天下之常，信也好不好姆都是月月圓圓（創業失敗）大出去的了，反正我紅鞋，工也為戲厚薪，凡自己從生意如無火成，真是參娃得級。

最近幾年替我推送命的是鐵板神祘董先生

1988 年 8 月 23 日，林燕妮在她有簽名的原稿紙上，寫了一篇名為〈命書〉的文章，並交予《明報》，以便在三天後在該報的副刊林燕妮的專欄「繫我一生心」刊登。內容是林燕妮說她第一次看掌相，剛二十出頭，相士指出她結婚過早及應該營商。她對自己的命書，一切都以大快大活的心情去看好了。她說她的「要不得」也許正是別人的「捨不得」。圖為林燕妮的稀有手稿，稿紙印有林燕妮的簽名，全文共有兩頁紙共約 650 字。

繼《懶洋洋的下午》及《小屋集》成功出版後，林燕妮的第三本散文集《粉紅色的枕頭1》及《粉紅色的枕頭2》分別於1977年4月及1977年9月發行，兩書也是由「文藝書屋」出版。「粉紅色的枕頭」的書名源自林燕妮在《明報》的同名專欄，很多人以為那是什麼香艷奇情小說，事實上並非奇情，更不香艷，只因她的枕頭是粉紅色的而已。

那天《明報》打電話來說「喂！縱使你不交稿，也得交個欄名出來，王司馬要設計版頭的呀！」林燕妮一時想不起來，《明報》便說「給幾個你挑好不好？」林燕妮說不好，堅持欄名一定是自己選的。她想來想去，想不出甚麼貼切的名字，正焦急間，一眼瞥見床上那兩個粉紅色的枕頭，心想：「為什麼不把欄名喚作粉紅色的枕頭？」於是便告訴了王司馬，他便替林燕妮畫了一個靠在枕頭上的女人。至此，「粉紅色的枕頭」成為《明報》專欄的名稱，直至結集成書。

「遇上一個很有魅力、令自己魂牽夢縈的
人，是畢生的安慰，然而，得不到他，
卻是畢生的遺憾，除卻巫山不是雲，沒有
人比他更好，可是，他卻永遠不能屬於自
己，那唯有擁着他的記憶過一生了！」
　　　　──節錄〈一見楊過誤終身〉

曾在坊間受到熱捧的一篇散文〈一見楊過
誤終身〉，大多數認為作者是金庸，亦有
人認為作者不是倪匡就是蔡瀾，原來是另
有其人，其實作者便是林燕妮。她於1983
年10月受博益出版社之邀，為《名家談神
鵰》撰文，寫一些關於金庸的武俠小說《神
鵰俠侶》的感受。最後，林燕妮以一篇約
三千字的〈一見楊過誤終身〉，大受金庸
迷及讀者喜愛，成為網上最受歡迎文章之
一。圖為《名家談神鵰》及目錄書影，可
見各名家的簽名。

倪匡・林燕妮・劉天賜・
鄧偉雄・蔡瀾・蕭笙

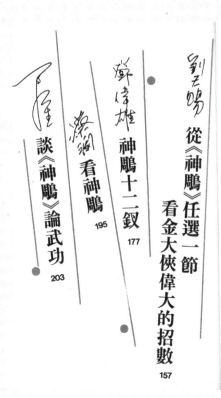

金庸作品中的「情書」　1

林燕妮　一見楊過誤終身　147

劉天賜　從《神鵰》任選一節
看金大俠偉大的招數　157

鄧偉雄　神鵰十二釵　177

蔡瀾　看神鵰　195

談《神鵰》論武功　203

名家談神鵰

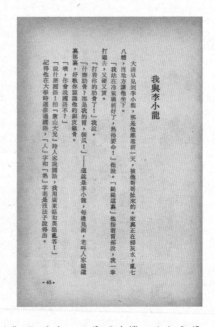

「繫我一生心，負你千行淚」出自北宋的柳永《憶帝京》最後兩句，意思是他這一生的心意都已遙繫在她的身上，只可惜他如今卻要辜負她的千行眼淚、萬般情意。林燕妮取了這上句「繫我一生心」作為於1986年12月散文集的書名，共有四輯不同的內容：〈情之為物〉、〈人間世〉、〈做人就要做〉及〈隨想〉。

緊接林燕妮的首本散文集《懶洋洋的下午》面世後，林燕妮的第二本散文著作《小屋集》於1975年1月正式發行，由戴天主持的作家書屋出版，水禾田封面設計，收錄四十多篇原刊在《明周》、《香港青年周報》等等的文章。《小屋集》其中一篇文章〈我與李小龍〉，受到很多研究李小龍的朋友、龍迷、戲迷、截拳道迷等喜愛，對研究李小龍的生平提供寶貴的資料。

林燕妮除精於散文及小說外，對於健身運動亦有豐富的知識，對健美裝扮素有研究，1994年更獲美國國家醫學學會教練資格。1994年7月，林燕妮的《林燕妮開心健美談》正式出版，公開其健美與衣飾裝扮的心得。圖為該書的封面及林燕妮親筆簽名。

生活與娛樂

填詞

記起林燕妮，便想起《歡樂今宵》！

無綫電視翡翠台的長壽綜藝節目《歡樂今宵》（Enjoy Yourself Tonight）於 1967 年 11 月 20 日啟播，全盛時期一星期五晚現場直播，至 1994 年 10 月 7 日為止，共播映超過 6,600 次，成為全球最長壽的綜藝節目。

歡樂今宵節目靈感來自無綫外籍總經理貝諾（Colin Bednall）在澳洲創辦的長壽節目《墨爾砵今夜》（In Melbourne Tonight），後來由蔡和平先生執掌策劃及籌備，將歡樂今宵節目更推向大眾化、更深入民心。啟播時的《歡樂今宵》主題曲，取自邵氏電影《歡樂青春》的插曲，由葛士培作曲、陳蝶衣填詞，蓓蕾小姐以普通話主唱。當時這首被形容為熱烈輕鬆的歌曲，流行東南亞每一角落，主唱人所到之處，歌迷不以「蓓蕾」稱她，反而以歌詞第一句「喂喂」代之！

不久執掌策劃的蔡和平有見普通話的《歡樂今宵》主題曲不夠地道，很難深入香港每個家庭，最後決以改頭換面，曲及詞都轉換了，改以廣東歌，最後唱至街知巷聞！

這首家喻戶曉的粵語主題曲《歡樂今宵》，大部分人以為是著名作曲家顧嘉煇先生的作品，但其實真正的作曲家是來自美國曾修讀法律的作曲家 Carl Sigman，原曲於 1949 年創作名為 Enjoy Yourself（It's Later Than You Think），曾由眾多歌手演唱，其中美國著名歌星冰．哥羅士比（Bing Crosby）的演繹方式深受當時樂迷歡迎。

至於歌詞方面，蔡和平當時知悉林燕妮寫得一手好文章，亦是工作於無綫電視，找她填詞最是適合不過。最終，林小姐擺脫固有思維，以新文筆、新風格填下《歡樂今宵》歌詞，成為一首家喻戶曉的歌曲。

日頭猛做，到依家輕鬆吓，

食過晚飯，要休息返一陣，

大家暢聚，無線有好節目，

歡歡樂樂，笑笑談談，我地齊齊陪伴你！

林燕妮的首篇刊於報章的文章是《懶洋洋的下午》，見於 1973 年 6 月 22 日的《明報》第七版副刊上。林燕妮在她與世長辭前還在寫作，筆和紙為她的伴侶，滿載她的所見所聞及內心世界。

一篇在 2018 年 6 月 6 日明報副刊的《寂寂燕子樓》之〈我又見到永恒〉是她最後一篇作品。從這篇文章的題目及內容上，可知她已再見永恒，心靈舒慰。不管是過去，亦不管是現在，也不管是未來，永恒已再出現在她身上。

她想到的是別人的思念，希望多思她、常念她！

「昨夜，我又見到永恆……
永恆是沒有時空限制，可以是過去，可以是現在，也可以是未來。」

「思念是種溫馨，如果有一天，燕子樓空，不用驚訝，莫問佳人何在。只要明白，溫馨思念是健康的想法便可，最惱人說不要想不要想，為什麼不想。我會說，思我念我，常常。」

一篇在 2018 年 6 月 6 日明報副刊《寂寂燕子樓》之〈我又見到永恒〉是林燕妮的遺作。從這篇文章的題目及內容上，可知她已再見永恒，心靈舒慰

明報 | 副刊 | 時代 星期三 2018-6-6

我又見到永恆 寂寂燕子樓 林燕妮

昨夜，我又見到永恆……

永恆是沒有時空限制，可以是過去，可以是現在，也可以是未來。

感覺有太多永恆，如你，如他。原來，剎那也是永恆。正如你們讀到這篇文章，可能是剎那感動，其實，刊出來的文字，已是永恆。

別人看我，何等精彩，何等燦爛，我看別人，明白一切盡在流光之中，時間不由我操控，但可以懸一支筆，留住永恆，但願大家也一樣，享受愛，享受永恆。

如果問，我會常常記着你，跟我永遠記着你相比，哪一樣更永恆呢？然後我會答，常常是活動，是種動態的思念，至於永遠，彷彿已經告一段落，其實是止不住的思念，靜靜地留住永恆。

人生苦樂共存，路還是要走下去。你可以說，死亡就可以一了百了。也不是的，天堂的路，更加要開心地走。我相信天堂是美，因為天堂早在自己的心內。曾經嘗過苦，不再是什麼一回事。

思念是種溫馨，如果有一天，燕子樓空，不用驚訝，莫問佳人何在。只要明白，溫馨思念是健康的想法便可，最惱人說不要想不要想，為什麼不想。我會說，思我念我，常常。

為什麼總要將人的生死劃下界線，肉身消失沒關係，精神不滅才是永恆。所以，容我先與各方好友、摯愛讀者說句，每天記我念我多一些就好。如果有一天，造物主另有工作向我分派，我是樂於接受，有緣自會再相逢，紅塵總有別，揮揮手，抬眼看，我又見到了永恆……

（編按：本欄作者、著名作家林燕妮告別人間，讀者編者皆不捨。〈我又見到永恆〉是她在本欄最後一篇作品。明起數天，「寂寂燕子樓」請客坐坐，以詩以文懷念林燕妮。）

書本與報刊

董橋
小風景
views in ink and colour

金庸 二〇一二 七月十

WHERE THE PAST BEGINS

For Ming-ya

———— 鄭明仁

藏書界的「董橋三寶」

收藏董橋的著作，說難不難，說易不易，過程都是充滿喜樂和感恩。和董橋結緣始於 1999 年年底，我加入董橋擔任社長的報社工作，直至 2011 年我離開工作崗位，前後十一年有多，除了假期之外，我們幾乎每天朝夕相處，晚飯也在公司飯堂共食。在這 11 年裏，董橋筆耕甚勤，牛津大學出版社替他結集多本著作。

我的辦公室就在董橋的隔壁，有事請教他很方便，晚飯時間就是聽董橋講故事的至好時光，從他如何因為要躲避印尼排華坐船到台灣升學，然後到英國大學做研究兼在英國廣播公司（BBC）工作，娓娓道來。我特別喜歡聽董橋講在英國舊書肆尋寶的故事，倫敦查令十字街（Charing Cross Road）和大羅素街（Great Russell Street）一帶的舊書店是董橋經常流連的地方。1997 至 1999 年我在倫敦生活了兩年，董橋去的書店我大多去過，只是沒有像董橋般跟老店主那麼相熟，也沒有董橋那麼識貨，因此我尋得的都是一般貨色。幸好，董橋說的人和事，我都可以搭上嘴。董橋在書中說過冬天黃昏下班後乘火車從城裏返城外的家，我可以想像得到他手上一定拿着剛從老店主手上取得的好書。當年，

書本與刊物

我也經常在唐人街附近的 Leicester Square 地鐵站乘 Northern Line 返家，手裏拿着的也是幾本從舊書店找來的書，此時此刻，我和董橋的心情是一樣的。

和董橋共事的 11 年，我獲董橋簽贈的新書放滿一個小書櫃，他每出一本，我便收到一本，董橋每次都在書的扉頁寫滿字，每篇都是董橋式的散文，然後用小印章鈐上「董橋」兩字。收藏董橋的簽名和題字本，我佔了天時地利人和的優勢。起初，不覺得董橋親筆簽名題字是那麼矜貴，這幾年，兩岸三地的粉絲在舊書拍賣場上爭個你死我活，把董橋一些簽名版本推上天價。朋友說我發達了，我一笑置之。

藏書界公認董橋其中三本舊書最難找，這三本書是：《雙城雜筆》（文化生活出版社，1977 年）、《在馬克思的鬍鬚叢中和鬍鬚叢外》（素葉出版社，1982 年）、《小風景》（牛津出版社，2003 年）。

尋小風景

2003 年初版的《小風景》，為 24 開精裝本（196mm x 196mm），2009 年再版的為 32 開精裝。2003 年版的書度設計是董橋叢書之中最大、最特別，而且印量比較少，物以稀為貴，市面已不多見。多年前我在舊書店見一本買一本，每本索價 1,000 元以上，前後買了三本，拿了給董橋題字，連同董先生簽贈的一本，手上有四本大度《小風景》。

董橋其中一本 2010 年題字云：

> 明仁兄書齋藏書萬卷，假日理書，竟得此冊，如見故人。此書絕版，網上熱炒，不可思議。或曰舊書如舊雨，交情恆在，證諸明仁際遇，信焉！

董橋
庚寅大寒前夕

這本《小風景》不知什麼時候在哪裏覓得，買了便放在書堆一角，某天清理舊書竟被翻出來，應了董橋說的「舊書如舊雨，交情恆在」，是你的就是你的。

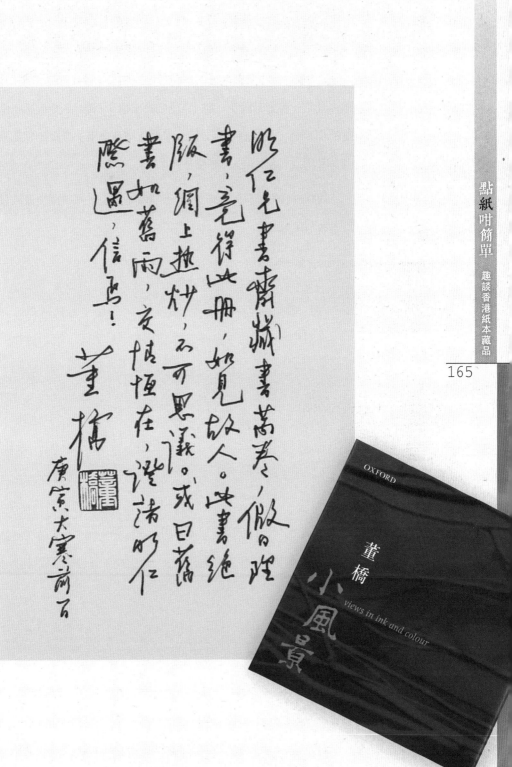

書本與刊物

雙城遊歷

《雙城雜筆》是董橋第一本著作,是他七十年代客居英國時應香港《明報》邀請寫的文章,1977年由戴天的文化·生活出版社結集出版。我手頭上的《雙城雜筆》是2010年10月26日從「孔夫子網」競拍得的,我記得當晚9時30分截止出價,7時50分最高出價還是500元,豈料最後五分鐘,幾個人搶着出價,最後一秒我狠出3,000元(人民幣),結果告捷!

我即時通和鄰房的董先生:「我得咗啦!」一個星期後董橋在我的戰利品上題書:

此三十三年前出版之第一本文集,時余客居英倫,老友戴天在港新辦出版社,黃俊東代選拙作編成一冊,列為開張新書,詎料稚嫩之作流傳至今,每見一次,臉紅一次,家中一本不存,網上時有上拍,所謂春風吹又生矣!明仁尊兄日前重金競得一冊,命余題跋,至感而恧,聊綴數語畧述文字誤人之過云耳。

董橋

庚寅霜降後三日

1995年,銅鑼灣一家二樓書店的櫃枱旁,放了一大疊《雙城雜筆》,定價每本10元,乏人問津,今天幾千元也未必買得到。

雙城雜筆

（這個那個集）

董　橋　著

此三十三年前出版之第一本
文集，時余客居英倫，老
友喬天在港新辦出版社，
黃俊東代送拙作編成一
冊，列其開張新書，詎料
稚嫩之作流傳至今，每見
一次，臉紅一次，家弟一本不存，
網上時有上拍，修謂春風吹
又生矣！明仁尊兄日前金
競得一冊，命余題跋，至感
而忝，聊綴數語展述文字
誤人之過云耳。

董橋
庚寅一寵隆冬三日

文化‧生活出版社出版

「董橋三寶」最難得的是《在馬克思的鬍鬚叢中和鬍鬚叢外》，這包括在《素葉文學》雜誌連載的版本，和之後素葉出版的單行本。先說 1982 年素葉出版社出版的《在馬克思的鬍鬚叢中和鬍鬚叢外》單行本，由於印量少，當年在市面流通已不多，留傳下來的更罕有，近年在香港只在舊書拍賣會見過兩次。最近一次是 2018 年 11 月在新亞書店的第二十四屆舊書拍賣會出現，11 月 4 日當天以底價 3,000 元起拍，然後現場和電話委託的叫價以一萬、二萬、三萬、四萬的飆升，最後以 48,000 元落槌，連同 15% 的佣金，成交價是 55,200 元，打破董橋單本著作的拍賣紀錄。這本書的其中一個加分賣點，是有董橋簽贈黃俊東幾個字。

我手上擁有的《在馬克思的鬍鬚叢中和鬍鬚叢外》單行本，是由文友陳進權兄以友情價割愛，得書後我找董橋題字，董先生當天很有興致，當面寫滿一頁紙：

張大千題畫詩云：丹青從不傷搖落，一任江城五月吹。丹青如此，書籍亦如此，此書一九八二年出版，至今三十六年依然健在，惟坊間難求矣，吾友明仁兄尋尋覓覓，搜求多年，終於得了一冊，謹題數語致賀致謝。

董橋

二〇一八年十月二十五日香島

董橋在《在馬克思的鬍鬚叢中和
鬍鬚叢外》題字

在馬克思的鬍鬚叢中和鬍鬚叢外

董橋

張大千墨迹詩云：丹青從不傷
擒縱；一任江城五月吹。丹青如
此，書〈詩亦如此。此書一九八二年
出陝。至今三十八年，依然健在。
惟坊間難求耳。喜友明仁兄
尋覓之，搜求多年，終於得了一
冊，謹題數語致賀致謝。

董橋　[印]　二〇二〇年十月
于五月香島

藏書界的「董橋三寶」

172

書本與刊物

素葉藏珍

我的《在馬克思的鬍鬚叢中和鬍鬚叢外》故事還有前傳，這個尋寶故事更加曲折。

2017年6月28日，行經上環荷李活道PMQ元創方，見露天廣場有文化展銷活動，入內見一青年正在陳列一些舊書籍，我認識這青年，曾向他買過東西，他家裏有不少舊香港紙品類收藏。青年甫見我出現，即示我一叠素葉文學雜誌，包括創刊號、2、3、4、6、8期，他說這六期收齊董橋《在馬克思的鬍鬚叢中和鬍鬚叢外》的最初版本連載文章，而第5

期和第 7 期沒有董橋的文章，故不影響其連續性。我打開一看，果然沒有花假。青年索價 13,000 元，分毫不減。董橋這輯文章我尋尋覓覓多年而不可得，今天竟然一次過出現眼前，豈能錯過！然而年輕人開天殺價，實在太貴了，討價還價不成功，我扮作不要也罷，轉身離去，十幾步還聽不到青年人叫停我，我知道是投降的時候了，死死氣回到青年人面前數鈔票，但傾囊也不夠錢找數，還要到附近銀行提款機提款。青年收錢後還臉有得戚，好像在笑我似一頭待宰的羔羊，死到臨頭還在「扮嘢」。那一天，我真的被青年人宰了一頸血。

但是你精我唔笨，小弟豈是省油的燈（有點驕傲）。當我看到素葉這六本雜誌時的第一個念頭是：「我一定要擁有它！」因為我有信心找到董橋就這輯文章寫點東西。果然，董橋給我的誠意打動了，寫滿一張 500 字的原稿紙，董先生這頁手稿比那六本雜誌來得更珍貴，他寫出非常懷戀英倫的讀書生活，也「驚覺寫作生涯何其孤獨，何其荒寒」。我節錄董橋手稿部分內容：

> 《在馬克思的鬍鬚叢中和鬍鬚叢外》書名很長，十四個字，破了我所有書名的字數紀錄。那時候年紀輕，愛創新，愛特殊，愛搶眼，好極了，老了回望，不禁莞爾。關於馬克思的那些文章都參照七十年代旅居英倫時期的筆記寫的。倫敦大學亞非學院圖書

館用功的情景恍如昨日。偶然去牛津劍橋圖書館看書的情景也恍如昨日……。學術實難。文章實難。窮一輩子心力可以點亮孤寂書案上一盞青燈，此生無憾。一個轉身，青春不再，歲月蒼涼，我竟還在書堆裏尋找我企慕的一點星光，一點月痕。鄭明仁找到這本小書當年發表的幾期《素葉》，囑我寫幾個字追憶往事，聊綴數語，畧記感舊。我真的非常懷戀英倫讀書生活。翻閱這本書，我驚覺寫作生涯何其孤獨，何其荒寒。

董橋小記

二〇一七年七月十五深宵

這則「董橋小記」是典型的董橋式美文。喜歡董橋文章的讀者都被他那穿越古今中外的行文風格深深吸引，他寫民國名人風流韻事，加上一抹英倫月色，令人不知人間何世。劉紹銘說過：「董橋的書一天有市場，香港的讀書人一天不會寂寞。」每年香港書展，董橋總會到場逗留幾個小時替讀者簽書，長長的人龍，有來自香港、內地、台灣、馬來西亞........。總之，有董橋，華文世界的讀書人就不會寂寞。

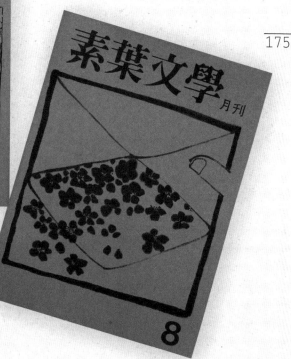

學院隔近十公里裏的花木，綠半蓬蓉在此月色，綠陰稀長斜的淺影。學術實難。文章實難。盡一哗子心力可以陪完孤寞書桌上二盞青燈，此生無憾。一個轉身，青春不再，歲月蒼涼，我竟還在書堆裏尋找我企慕的一點星光，一絲月痕。鄭明紅找到這本小書竟年輕裏的發期公書華之，喚我寫我們字追憶往事，聊緻款語，畧記感舊。我其餘外常懷感英倫讀書生活。翻閱這本書，我驀覺寫仰生涯何其孤獨，何其荒寒。

董橋　小記

二〇一七年七月十五深宵

公在馬克思的諮詢業中新諮詢業都外之書名很長，十

個個字，破？我所有書名的字數紀錄。那時候每記輕，家

創新，愛特探，愛護眼，好樣？老了回望，不禁苑前，闆

於馬克思那比之文章都著述七十年代指右英倫時期的

筆記寫的。衛教大學學院圖書館即功的慷慨特別如

呀日。偶與去中津劍橋圖書館看書的往事世憶如昨日。

從前寫馬克思的文章極了，中外都聲，英文寫的擒述

還讀得下去，中國大陸那些八段論述實在不出苦為的普得下

去。我只好畫童從不同的角度寫不同的文字，繼續看讀

名家簽名本

我喜歡收集名作家的簽名，也收藏了很多名家的簽名書，我珍惜在索求簽名過程中和作家交流的那一份感覺。例如，查良鏞先生 2011 年替我在《碧血劍》上題簽的那一刻，可以看見查先生那愛護晚輩的態度是真誠的。另外，也是 2011 年，余光中於蔡元培墓前在我帶來的《蔡元培日記》寫了一句向蔡元培致敬的字，感人至深。當然，我的簽名書少不了董橋和北島的，這些名家都有一個共同點，就是他們的簽名式的都是一筆一劃，毫不含糊，不像內地和台灣某幾位作家的「鬼畫符」簽名。

先說和查良鏞（金庸）先生見面經過。2011 年 7 月 13 日傍晚忽接陶傑來電：「喂，你不是要老查的簽名嗎？把你套《碧血劍》帶來。我們正在港島香格里拉酒店中菜廳。」聞言馬上回家拿起一套五冊的《碧血劍》乘的士趕到香格里拉，原來澳門大學正在宴請查良鏞，筵開兩席，出席者有謝志偉博士、前廣播署長張敏儀、李純恩、陶傑等等，查先生似早已知道我來意，笑容滿面招呼我坐在他身旁。這套《碧血劍》乃六十年代三育圖書公司初版，是我之前在舊書拍賣會拍得的，我曾拜託陶傑如果見到查先生請通知我，我要帶書給查先生簽名，果然不負所託。

查先生當天拿起《碧血劍》第一冊，並沒有馬上落筆，而是拿在手裏來回摩挲，似在驗證此書並非翻版書（查先生不會在翻版書簽名，一位很有名氣的商人曾經拿了一本翻版書請查先生題簽，被查先生拒絕），另外，我估計查先生正在盤算應該寫些什麼。幾分鐘後，查先生在書頁寫下：

明仁先生　請指教

金庸　二〇一一年七月十三日

此書出版已歷四十餘年，保存至今，足見熱烈擁護之忱，至感至感。

張敏儀臨時充當攝影師，用我的手機把整個簽書過程拍下，這輯照片很珍貴，朋友看見都垂涎三尺。朋友說，查先生晚年已減少應酬，一次過在讀者書本上寫那麼多字很難得。2011 年見查先生時候，查先生還很精靈，有說有笑，幾年後查先生身體健康狀況走下坡，直至 2018 年與世長辭。

金庸的初版武俠小說近年已成為拍賣會熱搶項目，拍賣價令人咋舌，其中一本薄薄的《鴛鴦刀》竟然以超過 4 萬元拍出。筆者手頭上也有一本《鴛鴦刀》，連同《碧血劍》簽名本放在一起，正好是「刀劍合璧」。

查良鏞先生 2011 年在筆者收藏的初版《碧血劍》上題簽

此書出版已歷四十餘年，保存至今，
足見珍視擁護之忱，出處至感。

明仁先生　請指教

金庸　二〇一一年
七月十二日

余光中幸
會蔡元培

我在香港多次見過余光中教授，每次都是聽他在台上演講，唯一一次和他結伴同行，是 2011 年 11 月 6 日，當天我跟隨余教授夫婦和時任光華中心主任張曼娟，到香港仔華人永遠墳場拜祭前北京大學校長蔡元培。余教授早在 1977 年已偕同周策縱、黃國彬兩位學者到華人永遠墳場尋找蔡元培先生的墓，當年偌大的墓園內沒有明顯路標，沿路都是泥地，蔡元培小小的墓碑（其實只是一塊碑石）被野草包圍，三位學者撥草尋蛇般，幾經辛苦才找到石碑。余教授之後寫下著名詩篇《蔡元培墓前》，其中幾句：「想墓中的臂膀在六十年前／殷勤曾搖過一隻搖籃／那嬰孩的乳名叫做五四／那嬰孩洪亮的哭聲／鬧醒兩千年沉沉的古國」，精闢道出蔡元培先生對新文化的貢獻。這首詩即時引起香港和台灣的北大校友注意，出錢出力重修墓地，這樣，蔡校長墓地才「見得人」。

2011 年余光中教授權充我們的訪墳嚮導，沿路石階雖有點陡斜，年逾八十的余教授幾乎沒有停下腳步。我們來到墓前，余教授難掩興奮三步併作兩步走到碑前，用他曾寫下《蔡元培墓前》的手撫摸石碑，口中唸唸有詞，似在和老朋友說話。之後，余教

余光中教授 2011 年帶領一批文化人到香港仔華人永遠墳場蔡元培先生墓前掃墓，並在筆者帶來的《蔡元培日記》書頁題上「向搖動五四搖籃的手致敬」字句

向搖動五四搖籃的手
致敬

余光中
2011.11.6
于香港仔华人公墓

授把鮮花放在碑前，深深鞠躬。臨走前，余教授在我帶來的《蔡元培日記》書頁上寫下：

向搖動五四搖籃的手致敬

余光中

2011.11.6

於香港仔華人公墓

現在，余光中教授可以在另一個世界，和他仰慕的巨人蔡元培走在一起，再次搖動五四的搖籃，這兩位新文化的拓荒者不會寂寞。

著名詩人北島享譽海內海外，每次公開露面都有大批讀者圍着他要他簽名，如果有時間他總不會拒絕，在讀者帶來的書上寫上「北島」兩字，一筆一劃，絕不拖泥帶水。

北島在文化大革命結束後寫了一首詩《回答》，詩長二十八句，開首兩句：「卑鄙是卑鄙者的通行證，高尚是高尚者的墓誌銘。」傳誦至今四十多年，是北島流傳最廣的詩句。我很喜歡這兩句詩，2019 年春節前託林道群兄向北島求字，終於得償所願，北島用毛筆工工整整寫了條幅，我把它拿去裝裱後掛在書房展讀。

2012 年北島中風大病一場，語言功能和寫作能力大損，以為從此就收筆。天憐這位當代中國朦朧詩的代表人物，北島經過一段時間療養，健康已好得七七八八，但寫字寫得稍長一點就會很累。北島寫字給朋友，總是一絲不苟，寫得不滿意便扔掉從頭來過，我這幅字他就來來回回寫了好幾次，耗了不少心血。感謝北島。

北島在《七十年代》上的簽名

七十年代

北島　李陀

主編

鄭明仁先生存念

北島
2019·4·6

OXFORD
UNIVERSITY PRESS

詩人北島手書詩篇《回答》
其中最著名的一句給筆者

諾貝爾文學獎得主莫言的簽名，愈來愈難求。前幾年他到香港公開大學演講，我有幸應邀出席，才可以在貴賓室近距離取得莫言的簽名。之後他幾次到浸會大學演講吸引過千學生旁聽，他都取消了簽名環節。莫言簽名，可遇不可求。相對而言，另一位諾貝爾文學獎得主高行健的簽名比較易得，可惜他不常來香港。上次在香港見到他是在香港科技大學的文學講座上，校方安排了簽書會，同學們皆大歡喜。

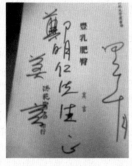 

諾貝爾文學獎得主莫言的簽名

諾貝爾文學獎得主高行健的簽名

185

香港真是一塊福地，每年過境的中外著名作家不會少，像寫《喜福會》（*The Joy Luck Club*）的美國華裔作家 Amy Tan（譚恩美）來港參加外國文學節活動及新書發表會，便吸引了大批書迷索取簽名。

美國華裔小說家譚恩美（Amy Tan）的簽名

台灣來港訪問的著名作家也很多，像鄭愁予、施叔青、李昂、洛夫、瘂弦等等，也在香港留下不少簽名。2014年4月鄭愁予在港出席文學活動，便在我帶來的《鄭愁予詩集》寫上「滿天飄飛的雲絮與一階落花」。這句是摘自他的《客來小城》：

三月臨幸這小城，

春的飾物堆綴著……

悠悠的流水如帶……

在石橋下打着結子的，而且

牢繫着那舊城樓的倒影的，

三月的綠色如流水……

客來小城，巷閭寂靜

客來門下，銅環的輕叩如鐘

滿天飄飛的雲絮與一階落花……

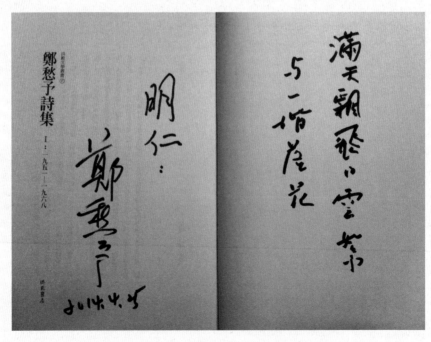

詩人鄭愁予送給筆者的詩句

香港舊時的通俗刊物

上世紀五六十年代的香港，是通俗小說的天下，每天都有通俗刊物出版，既然是通俗，當然不能登當年文學大雅之堂，但當歲月沉澱，懷舊熱潮席捲全城，很多人要追回以往的記憶，舊日刊物便愈來愈多人追尋。很多通俗刊物成為研究早年香港這個小島風情的資料庫，可惜當年這些刊物很多都是讀完即棄，能保存下來的，自然是香港的另類文化遺產，至為寶貴，有些更成為舊書拍賣會的珍品，楊天成的《二世祖手記》就是其中一個經典例子。

窺秘
二世祖

六十年代出版的《二世祖手記》，每冊零售價為一元七角，比當時流行的三毫子或四毫子小說貴幾倍，但捧場者甚眾，何故？因其乃當時男主角的「尋歡手記」也，小市民愛看歡場上光怪陸離的東西，楊天成捉到這種「窺秘」心理，但它絕非一般的色情刊物（香港人俗稱的「鹹書」）。楊天成描寫性愛場面都是點到即止，他的強項是把社會秘聞融入小說情節裏，道出社會百態。楊天成是五六十年代香港文壇的風雲人物，當時的香港文壇分為三大流派，分別為傳統的左派、右派和本土派。而本土派又分為「通俗」和「青年文社」兩系。楊天成是羅斌《新報》旗下的作家，羅斌立場親右，旗下作家也多親右，楊天成早年曾任職記者，對時事敏感度高，擅長把社會新聞滲入小說。舉例說，《二世祖手記》第八冊講到電影公

楊天成《二世祖手記》全集

司電懋的創辦人陸運濤在台灣墜機身亡一事，作者認為事因有可疑，不排除是政治謀殺的可能。當然，事後調查證明該次空難純屬意外。

另外，楊天成也常常將一些名流藝人的秘聞，以揞名方式融入小說內，但讀者一看便心領神會。

《二世祖手記》在 1963 年起由金剛出版社出版、羅斌旗下的環球出版社發行，每期一冊，出了三十冊便停刊。三十冊的套裝已絕跡多時，坊間間中或可找到零星的散本。我有幸於幾年前從新亞書店蘇賡哲那裏取得一套，品相不錯，九成新，歷半世紀仍可以保持得那麼新淨，足見上手物主是如何的珍而重之。

以今年的標準看，《二世祖手記》絕對可以擺出廳堂，不會失禮人，唯一要提防的是當有朋友造訪，必須把它藏起來，否則朋友借閱你又拒絕，會很傷大家感情。

楊天成是多產作家，寫過多本三毫子和四毫子小說，有些更改編成電影劇本，但最令老一輩讀者最懷念的還是這套《二世祖手記》。

香港另一套經典的通俗小說是羅澧銘的《塘西花月痕》，此書比楊天成的《二世祖手記》更早成名。

羅澧銘是香港史上寫香港塘西妓院風情寫得最好的一位，《塘西花月痕》領風氣之先，後來出現多位塘西小說和掌故作者，均以羅澧銘為馬首是瞻。我手上這套初版《塘西花月痕》，是紙盒套裝，而且有羅澧銘的簽名，是早幾年從舊書拍賣會拍回來的。

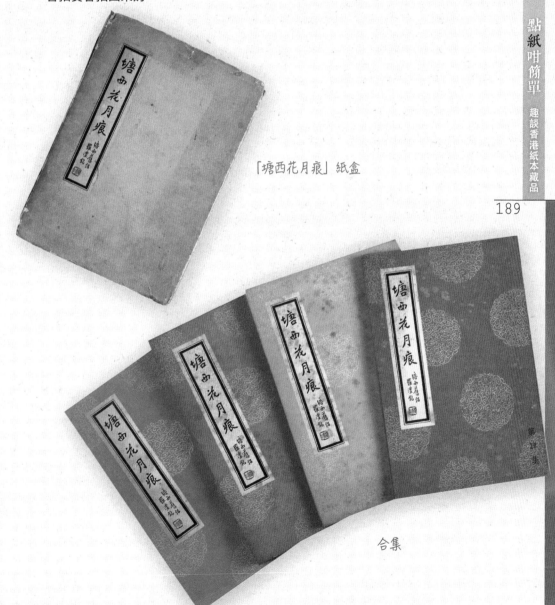

「塘西花月痕」紙盒

合集

　　很多人因為看過電影《胭脂扣》張國榮飾演的十二少戀上梅艷芳飾演的塘西「紅牌阿姑」如花，才首次聽過塘西這個名字，可是現在的塘西沒有留下一點風月遺跡。西環屈地街至堅尼地城之間的地段，叫做「石塘咀」，1903 年政府強迫水坑口的妓院全數搬往石塘咀，自此便進入塘西風月時期。當年塘西風月的中心地帶，就是今天的山道位置，然而一切已成歷史陳跡，十二少和如花今天若在塘西重逢，只能茫然站在街頭，無所適從。

　　羅澧銘是香港著名報人，1928 年他已和孫壽康合辦三日刊的《骨子報》，那時正是塘西的黃金年代，《骨子》有專欄詳細報道塘西花事，該報最具特色的是每期在頭版刊登一位塘西阿姑照片。羅澧銘 1956 年起在《星島晚報》專欄連載《塘西花月痕》，筆名是「塘西舊侶」。專欄前後寫了四年，共一千二百餘篇，後來分四冊出版了單行本。他在《塘西花月痕》書中自言「情竇初開，追隨朋友買醉塘西，返寨打水圍，直入香閨……」羅澧銘身體力行，因而對塘西舊事瞭如指掌，奠定他的塘西掌故至尊地位。羅澧銘自信其書絕無誨淫文字，所說的全是事實。

我因何出版「塘西花月痕」？

完全感謝忠實讀者擁護鼓勵的熱誠

記得我十歲八歲讀私塾的時候，塾師敎「成語考」身體類：「新剃鷄頭肉，明皇愛貴妃之乳」，及衣服類：「貴妃之乳服詞子，爲祿山之爪所傷」，說到「乳」字，放沉聲音，含含糊糊的過去，使到全班較年長的同學，都有種神秘的感覺，互相傳播，引爲美談，雖然我還是無知童子，完全未有蕩漾情懷。及至年事漸長，情竇初開，追隨朋友買醉塘西，返寨打水圍，直入香閨，阿姑未及穿同飲衫，着緊身褻服，只見十多粒金鈕密排，不禁聯想貴妃的服「詞子」，等閒不易偷窺，越覺「新剃鷄頭肉」的可貴，竊以未得一飽眼福爲憾。其後朋友倡議去游泳棚，既「詞子」而「睇肉」，鍛鍊體魄，眼光如豆，泳衣半裸，司空見慣渾閒事，何足介懷？其實男女生理上的構造，絕無神秘可言，塾師頭腦多烘，少所見，多所怪，享受大自然之美，旁若無人，起初以爲找尋新刺激，久而久之，反覺自慚形穢，越隱諱越神秘，越引起不必要的幻夢，由此一端，可知時代日益進化，人類思想隨之開明，普通一個「乳」字，都不敢高聲朗誦，向學生講解，徒然引起無知小子，先作非非之想，其愚眞不可及。近年來外國敎育家，鑑於有等敎員，仍像我們這位塾師一樣頑固，不敢向學生公開講解性問題，以致莘莘學子，爲好奇心所驅使，幹出「色狼」暴行，乃大聲疾呼，主張灌輸「性敎育」，頑固保守風氣，亦當趨於淘汰之列。

「塘西花月痕」由一九五六年六月下旬開始，發表於星島晚報「綜合版」，原定只寫三二百續，花月留痕，聊備一格，首尾共歷時四年，凡一千二百餘續。在發表期間內，已接到不少讀友函詢：將來是否出版「單行本」？我初時的思想還很守舊，以爲這等風花雪月文章，難登大雅之堂，亦不厭求詳，初不料讀友垂青，予以好評，以爲這等瘴氣的塘西娛樂區，未必爲家庭讀物，聊天說地，未必爲主婦喜歡，快會指引兒曹作狎邪遊，所以婉詞答覆讀友：仍在致慮中。但奇怪得很，好幾次在偶然的宴會場合，周旋於太太團之間，她們聽說我在星島晚報任職，間我「塘西舊侶」是誰？當我照直告訴就是「本人」，她們異口同聲的說道：「原來是你！我們都是你底忠實讀者呀！」她們接着說出當時所寫的書中主角人物，間我結局如何，以先知爲快，或則談及上一篇的角色，描寫得如何淋漓盡致，所列舉的語多獎飾，並表示她們確是忠實讀者，不是信口恭維，使我既感且慚。其他惠愛我出版的讀友，所列舉的

舊版的《塘西花月痕》早已絕版，九十年代由他的老朋友謝永光改編成上下兩冊再版。謝永光在兩冊本的《塘西花月痕》寫了一篇序言，他說：「《塘西花月痕》記錄的，固然有羅（澧銘）本人徵逐煙花之所歷，而大部分應當是青樓粉閣之所聞。它不是虛構的小說，而是一個個有血有肉的真實故事。把當年塘西妓院的眾生相及掌故軼聞，一一向讀者如數家珍地詳為披露，使大家有如置身當年的塘西花國，不只趣味盎然，而且具有史料價值。」

這部書還有一項價值，是它的「三及第」文字體裁，以文言文、白話文和粵語寫成。早年香港報紙湧現很多三及第文章，後期寫得最出色的是高雄（筆名三蘇、經紀拉、旦仃、石狗公、許德、史得、小生姓高），他寫的三及第「怪論」最出色，數十年以他首屈一指，怪論至尊無出其右。

早年香港的通俗刊物多不勝數，我只列舉《二世祖手記》和《塘西花月痕》作簡單介紹。事實上，五六十年代香港滿街都是通俗刊物，「三毫子小說」遍地開花，黃色刊物也大行其道。

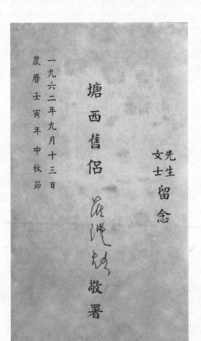

作者羅澧銘簽名

漫畫與連環圖

　　六七十年代少年和兒童也有不少刊物，益智者首推《兒童樂園》；介乎益智與「反斗」之間的就是一眾漫畫書，我在這裏要介紹三本從舊書拍賣會買回來的漫畫書：《財叔》、《神筆》和《神犬》。這三本漫畫是由許冠文（不是藝人許冠文）、許強兄弟創作，是我們這一輩每期追看的公仔書。

　　根據香港資深漫畫研究者楊維邦介紹，許冠文五十年代中出道，是漫畫及連環圖兩棲畫家。他當年畫的出租連環圖有別於其他行家：（1）他只畫時裝；（2）他多用鋼筆來畫。《財叔》畫工較複雜，文字較多，較適合年長一些的朋友觀看。許強的《神筆》、《神犬》簡單輕鬆，較合年幼讀者閱讀，每期封面仍由許冠文執筆。當《財叔》畫到六十年代中，007特務片興起，日本特務翻版漫畫乘機引入，年輕人都被吸引過去，許冠文把《財叔》由原來抗日游擊隊改成戴氈帽穿乾濕褸的特務形象，使用機械臂、死光表等新型武器，讀者不接受，只好草草收場，但財叔已是一毫裝公仔書最長壽的一本，流行了前後十年之長。

　　《財叔》、《神筆》、《神犬》絕跡江湖多年，幾年前忽然在舊書拍賣會出現，藏家如久別重逢舊友一樣，競相出價，薄薄一本《財叔》落槌價過千元。

193

財叔——隧道生死戰

財叔——一戰定江山

神筆——突擊迷魂賊

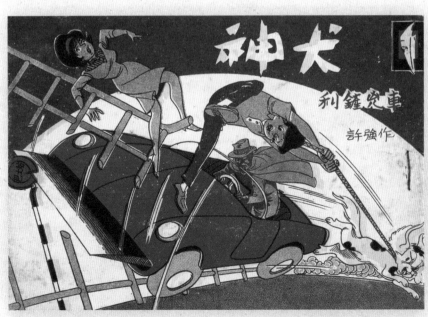

神犬——利鏟兇車

《中國學生周報》和 TVB《香港電視》合訂本

　　根據收藏家的經驗，收藏舊物除了要有閒錢在手，機緣更重要。在機緣巧合之下，2018 年我有幸收到兩份刊物的合訂本，一份是《中國學生周報》第 1 期至第 130 期，一份是無綫電視（TVB）的官方周刊《香港電視》由第 1 期至第 410 期的合訂本。難能可貴的是兩個合訂本的期數並無脫期。

執到寶：
《學生周報》
合訂本

書本與刊物

　　先說找到《中國學生周報》的經過。有一天，香港收藏家協會副會長張順光（張順光後來當選會長）來電：「有一批舊雜誌益你，你先來摩羅街茶檔飲杯咖啡，再一齊去睇下。」張順光知道我的喜好，他介紹的東西一般都不會錯。我們飲過咖啡後便走到一間賣舊物的店舖，店主原來是我認識的佳哥，大家熟不拘禮，他拿出一個紙箱，打開一看，我整個人楞住，但提醒自己要保持鎮定，不能露出饞相。佳哥說這批東西是一個文化人兼旅行家走了，他的後人拿來的，你開個價吧。這是幾本《中國學生周報》的合訂本，由創刊號的第 1 期至第 130 期，中間沒有脫期。現在要找一份普通期數的《中國學生周報》已不易，早期的更不易找，何況是我面前這批包含創刊號的合訂本，簡直是無價寶！據說現在只有中文大學圖書館保存了十分齊全的《中國學生周報》，除此之外，藏有創刊號的人應該不會很多，至少我還未見過。怎樣開價好呢？

張順光早前已告知我佳哥心中有個價，我便建議佳哥先開價，佳哥開出的價錢，實在太便宜了。老實說，佳哥年紀尚輕，根本不知道《中國學生周報》為何物，可能他收回來的時候也不貴，他才開出這個我認為很便宜的價錢。經驗告訴我：見到好東西不能喜形於色，還要扮作若無其事，否則賣家會隨時反口。我當時不積極還價（當然也不好意思壓價），佳哥希望做成這宗生意，主動打了一個折扣。「成交！」我一聲多謝付了款便捧着寶貝離開。

「仁哥在摩羅街執到寶」的消息很收便在小圈子傳開，不知是那些損友在佳哥面前落藥說：「佳哥，你走寶啦，如果你賣畀我，我肯定畀高幾倍價錢。」害得佳哥之後每次見到我總是說着同一句話：「賣平咗，賣平咗。」緣分就是這樣奇妙，那會想到在賣古玩

創刊號標題

（真假混雜）的摩羅街竟可重遇 1952 年出版的《中國學生周報》。

　　根據介紹，《中國學生周報》創刊於 1952 年 7 月 25 日，停刊於 1974 年 7 月 20 日，發行長達 22 年，總共 1128 期。《周報》由友聯出版社編印，也是該社發行的首份刊物，編輯取向主要是針對海外的華僑學生，以中學生、大專生及青少年為對象讀者，每週銷量高峰期達三萬多份。開創時期的《周報》帶有右派政治色彩，試圖為海外華僑青年指出「正確」的方向，但隨着時代的變遷、經歷編輯方針的改革，開始注入世界文藝的思潮，政治色彩日趨淡化。《周報》開放所有版面供讀者投稿，不少後來的香港文人、影評人均曾在《周報》投過稿。

創刊詞

負起時代責任！

人類文明正面臨着空前的危機，中國亦面臨着空前的危機。

我們必須再接再勵，對時代負起責任。

我們能眼看着自己的國家這樣沉淪下去嗎？

我們能讓中國的歷史悲劇這樣延續下去嗎？

基於這些想法，我們才鼓起勇氣，在極艱苦的條件下，出版了這份刊物——中國學生周報。

中國學生周報是屬於我們學生自己所有，是由我們學生自己主辦，是為海內外全體中國學生而服務的。因此我們可以不受任何黨派的干擾，不為任何政客所利用，我們可以暢所欲言，以獨立自主的姿態，從學識到文化，從思想到生活，從娛樂到藝術，討論我們的一切問題，都是我們自由的園地，才可以充份發揮我們的智慧，並且使我們的理想，才可以充份表現我們的意志，才可以充份發揮我們的習慣，進而溝通中西文化，替未來的中國摸索出一條正確的出路來！

歷史的逆流，實在無法再緘默了。中國學生對於國家確已貢獻了不少的力量，曾以高度的熱情，天真的響往。但是，這些都失敗了，主動地解決了中國的問題，反而被野心政客利用作政治工具，間接地助長了中國的苦難。

我們今日痛定思痛，追根究源，不能不承認是因為我們的熱情過份衝動，沒有經過理智的疏導；我們的響往過份天真，不能明辨善惡真偽；我們的動機雖然純潔，不能掌握原則，堅持到底；以致目前的現實與理想脫節，甚至背道而馳。

消沉了，經過最近的這次互創以後，有的同學退縮到個人的小天地裡，有的悲觀、苦悶、喪失；顯然，這都不是聰明的辦法，只有毀滅了自己，斷喪了國家的生命活力。

請批評！
請訂閱！

創刊詞：「負起時代責任」

友聯出版社在周報上的宣傳廣告

書本與刊物

齊齊
陪伴你

另一份難得的合訂本就是無綫電視（TVB）的官方刊物《香港電視》，我也是在機緣巧合之下一次過得到這批共 42 本厚厚的合訂本，年期由 1967 年 11 月的創刊號至 1975 年 9 月的第 410 期。據說這套合訂本全港僅六套，是 TVB 當年特別為公司管理層製造的，把 410 期的周刊以精裝製成合訂本，《香港電視》首任執行總編輯何源清獲分一套，何源清珍而重之，幾十年放在家中書架上。何源清晚年常參加我們一班文化人茶敘，大家因為有共同話題很快便熟絡起來，2018 年他過身後，何源清太太知道我喜歡收藏香港舊資料，於是便把這套書送了給我。

這 410 期的《香港電視》，是研究香港早年電視發展史十分珍貴資料。TVB 於 1967 年 11 月 19 日啟播，《香港電視》於四天前的 15 號出版，為開台做宣傳攻勢。周刊逢周三出版，零售兩毫，創刊號封面人物是梁醒波。全書 56 頁，電視節目表佔去其中 15 頁。

香港電視
Television

香港首家無線彩色電視開幕誌慶

第一期

一九六七年十一月十五日出版

1

二毫
20
CENTS

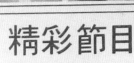

精彩節目		
	實地播映澳門大賽車	GRAND PRIX LIVE FROM MACAU
	喜劇之王梁醒波	THE KING OF COMEDY
	班尼沙	BONANZA RETURNS
	每日兩次播映最新新聞	INDEPENDENT NEWS TWICE DAILY
	披頭士即將在無線電視出現	BEATLES WILL APPEAR ON HK·TVB

我們從第 1 期的周刊可知道 TVB 開台第一天翡翠台的節目內容：

首播日電視節目一覽表

翡翠台

上午	9:00	澳門大賽車(直播)
下午	4:00	開播典禮(由港督戴麟趾主持)
	6:00	開台特別表演：鋼琴演奏(趙綺霞)
	6:30	英國甲組職業足球賽
晚上	7:30	新聞及天氣報道
	8:00	彩色片集：《鼠縱隊》
	8:30	邵氏彩色電影：《楊貴妃》
	10:00	太平山下趣劇《大房東之煩惱》(鍾景輝編導)
	11:00	澳門大賽車(重播)
深夜	12:00	收台

首播日明珠台另有和路迪士尼片集《彩色世界》、長片《風塵三俠》、本港新聞界參與討論的「時事分析」座談會。11 月 20 日啟播翌日，下午 3:30 開台，晚上 9:30 是《歡樂今宵》首播，11:00 播映配音片集《愛登士家庭》。

《香港電視》創刊號公布了第一批主要藝員名單，包括梁醒波、鄭君綿、陳齊頌、森森、奚秀蘭、沈殿霞、杜平、上官筠慧、司馬華龍、梅欣、容玉意等等。創刊號除了介紹節目內容和片集劇情外，還有專題教你如何使用電視機，包括如何調校魚骨天線。另外有朱維德撰稿介紹香港風光。比較意想不到的是，這本電視台的娛樂周刊竟有著名作家的連載小說，第一期就有傑克的《明日的少女》，頗有文藝氣息，這可能與周刊的執行總編輯何源清是文藝青年出身有關。

香港電視

第一期
一九六七年
十一月十五日出版
出版者：電視企業有限公司
T. V. Enterprises LTD.
地址：香港中環
太子行一七〇九室
編輯 貝諾
副編輯 何源清
陳兆堂
編輯部 地址：香港七姊妹
道二〇〇號七樓
電話：七七九二九九
總代理：世界出版社
承印者：復興橡皮印刷公司
香港七姊妹道
二〇〇－二〇二號
東糖工廠大廈七樓
逢星期三出版
定價每本二毫

目錄

封面：本期封面為披頭士，梁醒波，大賽車，班尼沙，及新聞報導。（下期則為芭蕾舞女郎，敬請留意。）

披頭士即將在本港無線電視出現 4
荷里活紅星祝賀本港無線電視開播 6
實地播映大賽車 6
無線電視開幕，香港加添彩姿 8
電影選譯 10
我是間諜 13
節目簡報 15
荷里活日記 16
電影一週 19
萬餘元巨獎「重組句子」遊戲 21
如何使用你的電視機 23
慈雲山下 24
有讚有彈集 25
香港風光——塔門的奇巖異景 26
翡翠明珠麗的電視台節目表 28
小說：明日的少女（傑克）......... 31 51

創刊號目錄

1.沈殿霞與無線電視簽約了，看她的神態多趣
2.Ⓐ﹁時事分析﹂節目。
3.Ⓑ﹁時事分析﹂節目。
4.編導梁普智向藝員悉心指導。
5.許冠傑演唱時神態十足。

。碰行嘆道：

「你雖好意幫我的忙，可是過得這一關，過不得第二關！我始終不會在這兒就久了的！」她故意隱晦，林亦釗深深會意，托着下巴微笑，似乎在說，「你不說我也知道了。」然而並沒說出口。

「許多麻煩，你不會知道的。」

「我不會全不知道。」林亦釗答得同樣含蓄，含蓄之中，對方卻同樣體會到他的語意。

林亦釗再次催她走時蒂絲張映映眼睛說：

「我聽你的話也容易，不過你也得聽我一句話。這時請你不到，今晚定要請你晚餐，補償你因我挨餓的損失。我們約定一個地點，下班後先後就去，好不好？我還有許多話兒要跟你談談呢。」

林亦釗知道這個約會是推不掉的，便微笑點頭。蒂絲把時間和地點設定了才去。

一切不出林亦釗所料。那時只有蒂絲跟一個後生在那裡。

沙發利果然一點五十分鐘便到寫字樓。別的同事非挨到上班鐘點決不來。

蒂絲張正坐得端端正正的打字。沙發利經過她背後時，斜眼望去。但留着最後一頁了，心裡詫異，她的工作效率，今天怎麼特別神速。但經理的身份，他不便湊上前去問，若無其事的走過了，自往經理室。

兩點十分鐘前後，同事都到齊了，林亦釗也在那個時間，像平時一般的從外面回來上班。

事情策量得天衣無縫，沒些兒痕跡。

胡亂果腹，不到一點半鐘便趕回來了。

原來蒂絲張剛才出街午書信合約等文件打好，卻留着最後一段，僅得二十來行，給沙發利回來時，親眼見到她在工作，以便沙發利同來時，以便沙發利慢慢打完，自是歡喜，但仍怕沙發利提出第二個難題，不易對付。

林亦釗告訴她不必憂慮，縱然再出新花樣，也沒那麼快，只鄭重地給她一個錦囊妙計，此時此地，不可翻臉，對沙發利一味敷衍，委曲求全。

當下蒂絲張見同事都已到齊，不等待喚，便直進經理室把交辦公事呈上。

其實沙發利進來時，已眼見她將近打完，並沒催喚，如今見打得整整齊齊，一字無訛，便笑道：

「果然你的打字技能進步得飛快，只是辛苦了你，大概沒出去吃午餐吧？」

蒂絲慨然一笑，搖搖頭。

「我今晚請你，補數。」沙發利乘機接上一句。

蒂絲見他又取攻勢，這件苦差使就因前兩次拒絕他的意約而起的。此刻猛省起林亦釗那個錦囊，心上有了應付把握，故作天真地笑道：

「還不應該嗎？我眼前便損失了一元。」

「算我的！」沙發利大笑。

「不吃餐，總得打電話叫一杯咖啡來喝，提提神。每杯八毫，加上兩毫小賬，不是一元一元嗎？」

「不能那麼便宜你，我還是要吃你那頓晚餐。」蒂絲嬌憨地說。

「好，下班後就去，曼特玲？歌兒登？」蒂絲記起跟林亦釗的約會。隨你喜愛那家餐廳。」

「今晚嗎？」蒂絲記起跟林亦釗的約會，「不巧，阿婆帶我去看粵語片黃飛鴻被困迷魂陣，明後夜怎麼樣？」

於是約定了明晚。沙發利自覺得意，一個下馬威，把蒂絲張那麼一種動物，要喙，不喙不聽話。今天那樣，才有些意思。

當晚蒂絲張跟林亦釗一同晚餐。他們躲在小餐室裡，絕不怕碰到經理那樣有地位的人物。兩人各自要了一份常餐，說得隱隱約約，林亦釗完全明白，簡單地做個結論。

「難關是你自己造成的，今天你自己打破了，以後想不會再有類似的事。自然，對方的發展，必然朝着另一方向進行，你見步走一步便了。說到換環境，我看到處都沒甚大不同。外國的月亮跟中國一樣圓，也一樣缺；外國的樹葉跟中國一樣綠，也一樣黃。你敷衍活下去，那就得跟着環境混。」

說着，忽聽得有人叫喚：「蒂絲，你在這兒！」

（下期再續）

《歡樂今宵》精彩鏡頭回顧

李小龍名不虛傳

李小龍雖以武功揚威美國，但本港影迷及電視觀眾對他大都不會陌生，因他是已故粵劇名丑生李海泉之子，早年以童星身份在本港片出現，如今已是香港活躍於國際武俠圈中的「青蜂俠」片集（Green Hornet），李小龍即為其中之一的主角，他的英文藝名叫 Bruce Lee，在青片中他飾演主角的助手嘉杜，動演武俠片。這位出生於美國三藩市，卻在本港長大及受教育的青年，現在美國不單是著名的武俠明星，而且是知名的武術教頭，很多一流性格藝人以占士高賓及史提夫麥昆等，都是他的門生。

其父是粵劇名丑

年青時的李小龍，是水銀瀉地般的出色藝員，六歲時，常被叫父親入行。懂內人士認為他具有藝術天才，作為風采李海泉的兒子，給他安排試戲，小腿便伶俐地「當頭捧場」，亦在同年上首次演出，其後他為其他角色漸入佳境，通過「細路祥」、「人之初」、「雷雨」等影片，做得日趨「十七歲時扮演「慈母淚」，才廣獲歡喜，他的演技及名字，更即印入影迷的腦海。其後小龍遠赴美國，攻讀美國羅省哲學，其後在讀哲學，使身武術，轉行到政武器。

原來李小龍在本社美術，因對攀武有較細緻地研究，他便在美武術家史提夫麥昆家中門路，傳授武術事實作法，其起招上指揚向快打應，包同業自新港自吸推武功意義技，並經常遷至到各地表演。

設武館意義深長

這位由半年前位的武向尚未訂男知道攝義「我在美國求學時曾於加州設武館的辛勞，其實，多次挑佳響搏，這項由各種及暴武表示顯然戲技曾「功夫」，表示戲決足足武館。

敬業事後，設京似乎令人好笑。其實我的抱持是中國武藝如稅外國派，好像他那加進中國武術式，不欲軟員事，工作人員及朋友看不起，試時我的看法不過，但是得了這樣的事物的觀念，即時讓我設置讓讓我每月獲謝一千美元售月（大概將於四十美元左右）致一千五十美元（約合港幣九百元）。寒事當即由陳富之

不主張鬥派偏見

談及個人對各單南的親愛稱，李小龍就謙虛地說：「我個人不主張有什麼派別，應對他施過出中門路，修道是要與一派，我覺得利用自由搏擊方法，盡量採取的所長，我最慣用招手開來，結招易只手操持，助作要以快取勝，但盡能適用也者，應得個人而言的苦功攻功方程而說定，如果能練不了的，自然能建造心愈不。」他又時切自我感悟潛思的武術素質時說：「相絕不肯看過「青蜂俠」的戲初射逗絕是事感受服的素質，一水我訪美國過區英美，我一串參賽得，到是一問影片公司所有得過與過我的演出事」

對他的武器十分佩服，還要他施教武功。由於森森喜歡要感見服務態度，可惜他不在本港久留，或為了這一些基本招式，森森亦予服務。

李小龍的三弟，聯振明出身，遊參與前他柏打手演，你是專武李秀到中小龍在森森遇孫，後這舞林即學甚多小俠所下鳴繁章，以這場我國從演樂棒為生。這片子子人合作之藝術先生他是夫，其三人合組之獅天立連通過太似出品，主角由他向代他們三人拉任，尊演武打的黑雄所成了「魔鬼怪奇」的尋演拔龔新革。編劇森是「月照萬家殺人夜」的惠新苏，該片欲本預算是二百萬美元，可能超回度取景。

李小龍基本招式

李小龍留港期間，細編電視龍具森森，對他的武器十分佩服，要著他施教武功。

敦森基本招式

視亮敢談拍片，我對拍片工作恰獨敵愚，他們相稱喜歡此...電影界中「陳臺灣之子」（Number One Son）的電影界中，後來迄「編輯播之」之趣於電視就表片開始流行，影片公司得了起企藏索，於是推出一套以打門扮演出他的「青蜂俠」片集，我係在中...演「青蜂俠」的助手角式，戲量量輕。」

李小龍受訪報道

《歡樂今宵》（EYT）是 TVB 最長壽的節目，從 1967 年 11 月 20 日到 1994 年 10 月 7 日，一直播了 27 年，共 6,613 次。《歡樂今宵》是香港製作的第一個彩色電視節目，李小龍第一次上 TVB，就是 1970 年 4 月在 EYT 接受訪問和露兩手，他表演了寸勁破板、側踢破板和二指指上壓，令香港人瞠目結舌。

《香港電視》出版到第 66 期（1969 年 2 月）便由兩毫加到三毫，藝員森森其後經常在 EYT 豎起三隻手指說：「最新一期《香港電視》出版咗啦，每本只賣三毫子啫。」贏得「三毫子小姐」稱號。電視台是讓藝人快速上位的夢工場，何守信（何 B）是最好例子。1969 年年底 TVB 播映世界摔角比賽，《香港電視》第 105 期作了封面宣傳，「君子馬蘭奴」、「迷魂鎖李雲」等摔角高手迷倒很多青少年觀眾，賽事最初由陳富成旁述，陳後來病逝，TVB 臨時找來在浸會學院教體育的何守信頂上，結果何 B 一鳴驚人，很快便成為 TVB 的金牌司儀，多屆的香港小姐選美，都是由他和劉家傑擔大旗。

　　《香港電視》第 161 期以《青春火花》日本片集的排球美少女做封面，打開香港引入日劇的序幕，以後的《柔道龍虎榜》、《綠水英雌》、《盲俠走天涯》等等日片相繼湧至，一度成為 TVB 主打節目。1976 年 TVB 製作第一套長篇連續劇《狂潮》，收視率爆升，開始了本地連續劇的黃金年代。

第 105 期封面：世界摔角比賽宣傳

WRESTLERS DREW BIG CROWDS

The 4th World Championship Wrestling Exhibition which was held recently in the Hong Kong Football Club Stadium, drew record crowds.

The people's favourites were the gentleman wrestler, Mark Lewin, the handsome Spiros Arion and the once lawless King Curtis, who has newly emerged as one of the 'clean' fighters.

Killer Kowalski, the 'bad man' of the ring, drew many boos for his ruthless, cruel manner of fighting.

Wrestling fans can continue to see their favourites in action each Thursday at 11:05 p.m. on the Pearl network and each Sunday at 6:30 p.m. on the Jade.

摔角正邪決鬥傳真

無綫電視的「摔角比賽」節目，素以驚險刺激，緊湊引人入勝而馳名。

最近，香港足球會場上舉行了第四屆世界冠軍摔角大賽了，以參賽陣容的六名正邪摔角高手紛紛獻技，摔鬥的表現既真、又精采打鬥得了、兼兼迭起。

其中螢幕上溫文爾雅的美男子摔角手馬克路因極得女士們的心愛的表演，特別把凶猛的摔角高手公開表演，並且因此令了凶殘的拼鬥令觀眾更為之緊張喝采。

號之「摔角殘殺」的拼鬥場面，打了摔角迷們喝采的恐怖演出。觀眾可準翌星期四下午十一時三分零星收看，另予明珠台節目報告的星期四晚上十一時都五分可繼續。精采的摔角節目，令決戰繼續在螢光幕上出現。

世界摔角比賽報道

新焦馬視到災區慰問

「無綫」義演大會得款七百多萬

伶星藝員賑災熱潮 哄動全港

人類互愛偉大精神發揮至最高峯

「籌款賑災慈善表演大會」報道

點紙咁簡單

趣談香港紙本藏品

張順光　吳邦謀　鄭明仁

著

責任編輯　黃懷訢
撰文　　　黃懷訢（〈交通與博彩〉）
裝幀設計　Sandy Hung、霍明志
排版　　　時潔
協力　　　林曉娜、陳婉琪
印務　　　劉漢舉

鳴謝（排名不分先後）：
中電集團
電能實業有限公司
香港電燈有限公司
國泰航空有限公司
國泰港龍航空有限公司
香港收藏家協會
丁新豹
劉智鵬
鄭寶鴻
余淑貞
伍靜山爵士
巫羽階
Nigel Leung

出版
中華書局（香港）有限公司
香港北角英皇道四九九號北角工業大廈一樓 B
電話：（852）2137 2338
傳真：（852）2713 8202
電子郵件：info@chunghwabook.com.hk
網址：http://www.chunghwabook.com.hk

發行
香港聯合書刊物流有限公司
香港新界大埔汀麗路三十六號
中華商務印刷大廈三字樓
電話：（852）2150 2100
傳真：（852）2407 3062
電子郵件：info@suplogistics.com.hk

印刷
中華商務彩色印刷有限公司
香港大埔汀麗路 36 號中華商務印刷大廈

版次
2019 年 7 月初版
©2019 中華書局（香港）有限公司

規格
230mm×170mm

ISBN
978-988-8573-24-0

Ticket and Baggage Check

1960 年代的中華汽車 0001 號車票

1960 年代早期的電車
7777 號車票

1975 年的聖誕特別版
電車車票

1980 年代的汎美世界航空公司機票

《點「紙」咁簡單——趣談香港紙本藏品》
張順光、吳邦謀、鄭明仁　著

中華書局

Pan Am. The World's Largest Passenger Fleet of 747's.

Clipper Fleetwing

PAN AM

傷濕止痛膏

專治風濕骨痛